JN171247

コラム to 俳句

みどりのそよ風

塩地　慎介

栄光出版社

目次

2008年

2009年

2010年

2012年

2013年

コラム to 俳句　みどりのそよ風

2002年9月8日

北の国から

作者の倉本聰は北海道富良野の地に居を移し、仲間と大自然の中で生活し制作されたテレビドラマが「北の国から」である。▼このドラマのスタートは81年10月であるから、軽く20年を超えた息の長い作品である。主人公の黒板五郎を田中邦衛が役に成りきって演じている。▼黒板五郎は妻と別れる。五郎は二人の子どもを引きとって北海道の大自然の中で土と共に暮らし、息子純（吉岡秀隆）と娘螢（中嶋朋子）を育てる。初期のドラマは幼いこの二人の愛らしさが人々をひきつけた。やがてこの二人が成長し、恋をし、悩み苦しむ。北海道の厳しい自然の中で生活する大人たちも懸命に働くが経済的には恵まれず苦労を重ねて老いていく。このドラマの魅力は子どもたちの成長と老いゆく大人たちの姿をそのまま同じ俳優が演じていることだ。▼6日、7日の二夜最終章が放映され感動のドラマは終わる。▼人は幸せに生きたい。しかし、幸せが何であるか解らぬままに歳をとる。「人々は自ら幸せに生きるために苦労するのではなくて、人に幸せであるように見せかけるために苦労している」とは西洋の誰かの言葉だが、ドラマ北の国からの世界は人間を裸の心で表現しているところが魅力だ。北海道の大自然とさだまさしの音楽がよかった。

飾らずに生きる幸せ大花野

12月12日

古い話で恐縮だが映画監督の小津安二郎は12月12日に生まれ、12月12日に亡くなった。▼縁あって私が親しくして頂いた俳優の笠智衆さんの話だと「小津先生は明治36（1903）年の12月12日に生まれ、昭和38（1963）年の12月12日に亡くなりました。はい、満60歳になられた日です」とのことである。▼「小津先生は生涯独身でした。お母さんと二人暮らしで、そう、小津先生が亡くなる前年にお母さんが亡くなりましたね」「お墓はですね、鎌倉の円覚寺にお二人で入っておられます。戒名はなく、四角な大理石の墓碑にただ一字「無」と刻ってあります」▼何気ない話だが笠さんの監督に対する思いの深さが伝わってくる。筆者は何度か12月12日の命日を前に墓掃除に笠さんのお供をした。▼小津監督の所属した映画会社は松竹であった。笠さんの話によると松竹にはそれなりの約束事があって「平均的な日本の家庭の茶の間の会話の範囲内で」ということだったらしい。▼小津作品には大きな事件はなく家族のちょっとした変化を描きながら去り行く者と残る者を描く。流転輪廻とでも言おうか無常感漂う作品が多い。それが今にしてなお国内はおろか外国でも評価が高い。▼末尾になってしまったが小津作品に出ている女優さん方はみな美しい。

原節子いかにおはすや秋日和

男女ノ川登三

戦前の横綱、男女ノ川登三の生き方が話題になっている。▼最近、マスコミの取材に元横綱花田勝氏がその名を出したのが発端らしい。男女ノ川の横綱昇進は昭和11年で引退が17年である。ほぼ時を同じくして横綱になったのが不滅の69連勝を成し遂げた双葉山定次であった。▼ラジオの普及と呼応して大相撲人気は全国的なものとなり、本場所はもちろん地方巡業も満員の盛況、負けない横綱双葉山は人気を越えて畏敬の的であった。そんな中、当時としては超大形力士１９１センチの巨体の持ち主男女ノ川は強いには強いが負ける時にはあっさり転んだ。だが世の中は面白い。強いだけが花ではない。この男女ノ川の人気も高く、幼少時を東京五反田で過した筆者もラジオから流れる「男女ノ川の勝ち！」の声に大人たちに混って万歳をした記憶がある。▼男女ノ川の人気には別の理由があった。この力士は個性的で横綱になるや洋服姿で小型自動車を自ら運転したり、あの大きな体で生け花の稽古に通ったり、親方衆の眉間のしわなど気にするそぶりもなかったようだ。▼引退後は協会の理事をあっさり辞し、戦後の社会を職を転々としながら自由に生き、昭和46年67歳で孤独な死を遂げる。そんな彼を静かに賞讃する花田勝氏に深い人間味を感じる。

片かげり知る人ぞ知る男女ノ川

国際交流

23日、台湾から日本を訪れている修学旅行の高校生146人と教職員15人を県立新宮高校が迎えた。一行は国立彰化女子高級中学校の生徒たちである▼午前中に歓迎式典、午後を両校生徒による部活動の発表に当ててあった。私は午後の部に出席した▼発表会は生徒らの司会により進行。最初日本語の司会がありそれを同校英会話部の生徒が英語に訳して相手に伝える。台湾の生徒の発言も別の生徒が英語に訳して伝達する。日本人の英語には日本語的な癖があり、台湾の生徒のそれは中国語訛りが入る。それがそれぞれ好感がもてる響きで体育館に流れる▼発表は新高側から始まり奇術、合気道、空手、剣道の順で進み工夫をこらした印象に残るものであった▼台湾の生徒の発表は舞踊からで、華やかな民俗衣装をつけた女生徒らの踊りは伝統武術の動きを基本にしたもので力強さがあった。途中からリズムに合わせて会場全体での手拍子も入り盛り上がった。続いての合唱は静かな曲を歌い上げるもので日本語の歌詞も入り親しみを感じた▼教育現場でこうした国際交流の場をもつことの意味は大きい。関係者の努力に敬意を表したい。

若者に国境要(い)らず夏の空

梔子の花

梅雨の晴れ間に庭の木々の剪定をした。垣根の方は上に突き抜けて伸びたものを切って刈りそろえる。一遍に切らずに少しずつ切りそろえる▼折から紫陽花の季節であり花をつけているものもあり梯子の移動にも気を使う。陰になっているところの紫陽花は垣根の中をかいくぐって外まで枝を伸ばしているのもある。花芽もないので気の毒だがこれは剪定してしまう▼さて問題は紫陽花と競合する形で植わっている梔子である。先日まで害虫にやられて存在感のなかった梔子だが、消毒の効果があり急に葉っぱが色づき出し、たくさんの白いつぼみを見せていた。そこへ一雨きたものだから一気に花が咲き始めた。梔子の花のかおりはすがすがしい。ここは数の多い紫陽花の方に遠慮願って競合部分を少しだけ切らせてもらった▼庭木の剪定でさえこんなものなのだからW杯サッカーの選手選考や各種選挙の公認候補者の決定、会社や役所の人事に至ってはさぞかし気を使うことだろう。県都和歌山市の市長選挙も間近い。更に実質日本の総理大臣となるであろう自民党の総裁選びも遠くない。庭木の剪定をしながら人生運悪く日陰の道へと消えて行った人々のことを思い浮かべてしまった。

梔子は弱者を癒やす花ならん

歳時記（さいじき）

俳句をやる人はほとんど例外なく「歳時記」を持ち、いろんな形で愛用されておられることだと思う。歳時記とは俳句の季語を集めて分類、解説した本で「季寄せ」ともいう▼私が初めて歳時記に接したのは高校生のころで、国語の授業で「五月雨（さみだれ）」の句を習い、五月雨が現在の暦の五月ではなく陰暦の五月であることを知り、いたく感動したことを覚えている。「五月雨をあつめて早し最上川（もがみがわ）」の芭蕉の句も、「五月雨や大河を前に家二軒」の蕪村の句も太陽暦では感動が薄い。旧暦の五月は現在の六月から七月にかけての日本の多雨期である。その時期の川をイメージして先人たちの作品に触れた時、俳句にひそむすごさを改めて感じたのだった▼歳時記には季節にそって植物や動物、魚の名等も登場し、その中にはおよそこの世のものとは信じられない漢字を使ったものもあって面白い。蚯蚓（ミミズ）土龍（モグラ）鬼灯（ホオズキ）更に「孑孑」がボウフラと読むことを知り嬉しくなった▼それから五十年余、歳時記とは仲よくして来た私だが、この頃、俳句を作るに当たり季語が感情の抑制に効果があることを知った。

酸素足りて金魚は深く藻に遊ぶ

2006年7月31日

メロン

長雨の後は猛暑である。自然現象とはいえわれわれ人間には厳しい▼こんな時、冷房のきいた部屋でほどよく冷えたメロンを口にするとほっとする。メロンはマクワウリの変種だそうだが、スーパーなどに並んでいる姿は今なお気位の高い貴婦人といった気どりを感じる。値段も高くマクワウリの比ではない▼十数年も前のことだが、夏の夕暮れにわが家に荷物が届いた。段ボールの箱の絵を見るまでもなくそこから漂う香りはメロンである。送り主の欄には見知らぬ女性の名まえ。受けとり人は何度見直しても私である。「誰だろう?」いぶかし気に見る家族の視線を背中に感じながら箱を開けたら手紙が入っていた▼「先生、長らくごぶさた致しております」から始まり遙か昔本宮の四村川中学校で教えた生徒からのものだった。大阪の同級生五人で買った宝くじが100万円当たり「お裾分けに先生にも…」との嬉しい便りだった▼教員を定年退職して10年余、その後も嬉しいことは数えきれないほどあった。メロンもたくさん食べた。だが、あの宝くじお裾分けメロンの味は格別で毎年夏が来るたびに思い出す。

かの子らも五十路なるらんメロン切る

2006年8月3日

戦後のこと

戦争が終わった昭和20年、私は疎開先の熊本の農村にいた▼分散教育（そのころ学校には兵隊が駐屯しており子供たちは地域の寺などで名ばかりの授業を受けていた）のお寺の庭で主任の年長の女の先生が泣きながらそのことを告げた。8月16日の朝だった。敗戦のことは前日に知ったがこうして友人たちとその屈辱を共にしてみると重い虚脱感が全身をおそった▼数日後、兵隊が残していった蚤（のみ）の飛び交う学校の講堂で校長の話を聞いた。このくやしさを忘れるな。この恨みを晴らす日が必ず来ると力説した。私にはそれがむなしく聞こえた▼やがて町に村に復員兵と海外からの引き揚げ者が次々帰って来た。兵隊（上等兵以下）が下士官の襟章を付けて帰ったとか、下士官が将校になっていたとか学校でも話題になった▼やがて進駐軍の指示で不適切な個所のある教科書を墨で塗らされたり、女生徒の頭にＤＤＴの白い粉をぶっ掛けられたりした。虱（しらみ）退治のためだったらしい。どろぼうや野荒らしの話も多かった。戦後も多くの人が飢えに苦しんだ。あれから60年余、このごろ日本にも好戦的な意見の人が増えている。恐ろしい。

国破れ人みな痩せて山河あり

2006年9月3日

賢い上司

管理職になって日の浅い人から相談を受けた。氏の発案に対し、反対ばかりする人がいるのだがどうしたらいいのでしょうと言うのだ▼私は即答した。その人の意見を真剣に聞いてやったらいいと。反対意見を唱える人にはそれなりの考えがあるはずだ。人の考えに100%悪いものなどない。必ず何か光るものがあるはずだ。それを積極的に採用していくのが賢い上司だとも言った▼かって、アメリカ発の本にこんな記事があった。「ある憤慨した銀行家が、アレキサンダー・グラハム・ベル（電話の発明者）に要求した。『そのおもちゃ』をオフィスからかたづけろ」と。そのおもちゃとは電話機だった▼また「あるハリウッドのプロデューサーはとあるシナリオの上にそっけなくボツの理由を書きつけたが、それは後に『風と共に去りぬ』になったものだ」ともあった▼プロ野球や大相撲界でもほとんど不採用になりかけた選手の中から金の卵を見出した例は珍しくない。人の意見やアイディアをよく聞き、良ければ生かす度量の持ち主こそが優れた経営者であり上司だと思う▼世の中で薮蚊と長い会議とバカな上司に付き合わされる者ほど不幸な者はない。

秋晴れや真理の前に上下なし

校内の平和のために

最近小中学校など、義務教育の段階での校内暴力が話題になっている。それも小学校の児童が教師に対して暴力を振るうことが増えているのだという▼私は長く教員をしていた者としてたいへん心が痛む。マスコミ報道は遠くの話でわれわれの地方には縁遠いと思う人もいると思うが、必ずしも安心はできない。世の中の風潮というものは大なり小なり全国的に同じような傾向にあるのが常なのである▼新聞やテレビはそれをとらえて教師の指導力の弱さや、家庭の無責任を指摘したり、大人社会の頽廃(たいはい)をなげいたりする。学校、家庭、社会が互いに連携しあい子どもたちを導くべきだとの正論も出る。しかし、どんな立派な意見も学説も、今、目前に起こっている暴力を直接防ぐ力にはならない▼私は思う。目前の暴力を抑え、時には自らの身を守り、多くの子らを守らねばならない立場にあるのは現場の教師たちである。その教師たちが暴力を恐れていては困る。恐れは憎しみに変わる。そこに教育は成り立たない。私は先生方に合気道をお勧めする。合気道の技は相手を敵として争わない。愛の武道と言われている。必要ならば説明しに行かせて頂く。

子らの目の皆輝いて運動会

百舌の声

朝日新聞の時事川柳に「テロ防ぐはずがテロより死者が増え」というのがあったが、イラクの米兵の犠牲者の方が同時テロの際の死者数を超えたことを意味する▼かつて、チベットのダライ＝ラマが「火で火を消すことはできない」と言ったことを記憶しているが、怒りに対し怒りをぶつけてみても問題の解決にはならない。アフガニスタンやイラクの一般市民を含めた多くの人たちが死んでいったことを思うと今さらながら人間という生き物の愚かさを思い知る▼小泉内閣から安倍内閣へと政治の主導権が移った。同じ自民党の首班だが何かが違うように思う。共に改革を唱えているが安倍氏の場合、憲法改正を表に持ってくるまでの強情さである。憲法といえども人が作ったもの、時代に合わなくなれば改正もやむを得ないが米国に後押しされてのものなら熟慮が必要だ▼安倍首相も戦後生まれであり、戦争未体験の世代が日本の政治を動かそうとしている。一方を悪と決めつけその悪を倒すための武力行使は正義だとする考えはそのまま相手にも通じる論理だ。報道が一方に片寄りすぎる時危険度は高まる▼早朝、百舌（もず）の声を聞く。この平和がありがたい。

子ら登校庭に百舌（もず）鳴く平和かな

名月

仲秋の名月とは陰暦の八月十五日の月。今年は10月6日がその日であった▼私の住む地域では「柿たばり」という風習があって、その日の夜、月が輝き始めたころになると子どもたちが戸外に出て近所の家の庭先に秋草などと共に祀(まつ)る団子や栗、芋や柿などをもらってまわる。俗に「柿たばり」と言っているが、時代と共に供え物も変わり、このごろでは袋に入った菓子類が多い▼**十五夜に手足ただしく眠らんと**　この句は西東三鬼(さいとうさんき)の句であるが、月、それも満月に対する厳(おごそ)かな信仰心の現れで、完璧な月の姿に対して吾も手足を正しくして眠らんとすると言うのだ▼教師として、かつて緑丘中学校で隣同士机を並べた先輩に尾崎晋己という人がいた。氏はすでに故人となられたが、若いころから俳句をたしなまれた。**捕鯨船砲座おおいて月祀る**　の句を朝日新聞に投稿され山口誓子選に入選、その選評に「聖なる月を祀るに際し不浄の砲座をおおう」という言葉が添えられてあった▼科学の時代、昨今では月に対する人間の情感も変わってきたが、空気の澄みわたった好季、秋の草花、虫たちの声、その中で中天の満月を仰ぎ見る時、少なからず心身が浄化される思いがする。

幼子(おさなご)の声のはずめる良夜かな

友に会う

久し振りに遠出した。山梨県は甲府に近い石和(いさわ)までの鉄路の旅である。そこには私の新宮高校時代の同級生Y君がいる。その地に住んで四十数年にもなるだろう。かつては年に一、二回は会っていたが、その後お互いに仕事が忙しく会う機会が少なくなり、数年前に彼が脳梗塞(こうそく)で倒れてからは電話で消息を伝え合う程度になっていた。▼今年の正月のことである。今年こそ会おうなと電話の約束も実現しないまま、壁のカレンダーも薄くなってしまった。「思っても行動しなければ…」との天の声に後押しされて意を決して出発。▼名古屋から中央本線で深く信濃路へ入る。そこは南国紀州とは違い車窓の景色は早くも深い秋色、黄葉の山々、白壁の家、たわわにみのる柿の実、流れゆくそんな風景を眺めているうちに昔彼と遊んだ日々の記憶がよみがえる。▼彼は駅まで迎えに来ていた。片手に杖をついてはいたが交わした握手には力があった。私は安堵(あんど)した。その夜は奥さんの手料理に彼が所望し私が持参した秋刀魚の鮨も添えられて少々酒も入り楽しく語り合った。▼友だちとはいいものだ。子どもたちよ、間違ってもいじめや意地悪などするもんじゃない。

秋深し七十路(なそじ)の別れ杖上げて

2006年11月19日

ゴムの木

私はなぜか観葉植物としてのゴムの木が好きだ。夏の間はさほどでもないが、木枯らしが吹き始め、そろそろ炬燵が恋しくなるころになるとゴムの木の存在が気になる▼昨日のことだ。玄関わきで風に吹かれて生気を失っているゴムの木を見るに見かねて二階の書斎に持ち込んだ。何やかやと物が置かれている部屋の一角を片付けて高さ1メートルほどに成長したゴムの木の鉢を抱え上げた▼とりあえず市販の活力剤を与え、水をやり陽当たりのいい場所に置いた。たった一日のことである。ゴムの木は正直に反応し、緑の葉は生気をとり戻し艶を見せ新しい芽吹きのきざしさえ見せている▼このところの新聞報道は暗い話が多い。そんな中に教育基本法の改正案が衆院を通過した。そのことが暗いニュースなのか明るいニュースなのか知らないが、国家百年の計といわれる教育の「基本法」を改めるというのである。野党欠席のまま遮二無二通過させねばならないものでもなかろう▼ゴムの木ならば書斎に持ち込んで活力剤を注入すれば元気になるが、人間を育てることはそう簡単にはいかない。今日の教育の混迷の根は深刻なほど深い。法律の改正で好転するとは思えない。人間の生き方が問われているのだと思う。

場所を得てゴムの木冬日の中育つ

馬と呼ばば

老子の言葉に「我を馬と呼ばば、これを馬と言わん」というのがある▼ある人が老子の名声を聞いて訪ねる。家中乱雑でイメージと違うのに失望して毒づいて帰る。翌日再び訪れて昨日の非礼をわびたのに対し老子が言ったのだという▼「きみは『知者』だとか『聖人』だとか既成の観念にわずらわされている。わたしはそんなものはとっくに卒業している。昨日、きみがわたしを牛と言ったら、わたしは自分を牛だと認めたろう。馬だと言ったらやはり馬だと認めたろう。人がものを言うにはそれなりの根拠があってのことだ。わたしは人の発言にいちいち腹を立てたり逆らったりしないよ」というのだ▼とてもこの域に達することはできないが、こうした心の柔軟さには心ひかれる。それが我慢だったり、横着をきめこんでのことでは意味がない。自然な形で素直に受け入れられる心の持ちようこそ偉大だと思う▼それにしても今の世の中、争いが多い。国や企業、個人の間でも紛争が絶えない。考えが硬直した者同士の争いは結果が悲惨だ。柔軟な思考こそが求められる時代だと思う。▼とっぴな例で恐縮だが野球の新庄剛志選手はいつ見ても明るい。彼の柔軟な考え方が好きだ。

堅き物ぶつかり合うて冬の山

新年のあいさつ

おめでとうございます▼親しい仲にも礼儀、先ずは家族であいさつを交わして屠蘇を祝う▼外に出たら近所の人が馳けよって来て新年のあいさつ。少々長めの口上を述べられる人もおられる。そこを通りかかった自転車の男子中学生が2人、「おめでとうございます」と少し照れながらも声をかけて行った。気持ちがいい▼年賀状が届く。年賀状は年に一度の書面のあいさつ。私は長い間教員をしていたからかつての生徒からのものが多い。生徒と言っても今では40代、50代の人なのでこのごろでは子や孫の様子を知らせてくる人が多くなった。写真入りで親の中学生時代とそっくりの子が写っていたりする▼今年の正月は穏やかだった。折から帰省していた息子と父祖の地浦神の東地区へ行く。その地を離れてかれこれ50年、親戚も知人も少なくなった。湾に添った道は狭い。そこで年輩の女性とすれちがう。気がつかない。車を降りて引き返しあいさつをする。▼夕方、帰途に就く時、私の車のトランクの中は海の幸の宝庫と化していた。その中でも格別の珍味は「緋扇貝」で、新鮮さと息子の調理がよかったものか、その夜の食卓はわが家の歴史に残る至福のものとなった。

穏やかに声かけ合うて里の新年(はる)

2007年1月28日

歩く

暖かいので歩きに出た。私の家は前が平野で裏手が山である。どちらを選ぶかはその日の気分である▼山手の道を辿ると畑に笹がきれいに並べて立てられている。豌豆の手である。その横には空豆がもう20センチほども伸びている▼私の「歩き」には特別の意味はない。ただ家にいて、ふと思いついた時にぶらりと出て来るのだ。最近のテレビにはついて行けない。不満に思いながら見ているより戸外に出たほうがいい▼夏目漱石は「草枕」の書き出しに「山路を登りながら、こう考えた」として「智に働けば角が立つ。情に棹させば流される。意地を通せば窮屈だ。兎角に人の世は住みにくい」と書いている▼私はそんな高尚なことは考えない。ただ、ぼんやりと山や畑の様子を眺めながら花を見たり、小鳥のさえずりを聞いたりして歩くだけだ▼かつて、深沢七郎という作家が「人間は、ただぼーっと生きていればいいんです」と書いていたが、年を重ねているうちに、なんだかこの頃意味がわかるような気がする▼この世の中、考えても、どうにもならないことが多いからかも知れない。

ちらほらと梅咲いており山の家

学校

三月は卒業式▼私は長い間中学校の教師をしてきて卒業式ほど厳粛な気持ちになることは他になかった。校歌が流れ、やがて卒業生の名前が担任の教師によって読み上げられる。一人ずつ返事をし起立する。その声、凛々しく成長した後ろ姿、三年前に入学した時とは大ちがいである。▼人間の心身がもっとも大きく成長する時期はこの頃だろう。慣れ親しんだ生徒たちとも今日を限りにお別れかと思うとおのずと感傷的な想いが胸に迫る。校長の式辞、来賓の祝辞、そのあと在校生による送辞、卒業生の答辞、やがてピアノ伴奏で別れの歌となる。▼私はこの頃、かつて教えた生徒たちと会う機会がある。彼、彼女らはすでに四十代、五十代である。学校とは違い実社会の荒波にもまれそれぞれが逞(たくま)しく生きてきた歴史を刻んだ顔がある。人生には運、不運もある。そこには言葉などいらない。顔が目がそれぞれの歴史を物語っている。▼長寿社会になり高齢者の集いも多い。集まれば昔の話になる。それぞれの学校時代の思い出話に花が咲く。▼「学校」それはすべての人にとって大切なものである。子どもを悲しませる場所であってはならない。

それぞれの眼に空がある卒業子

海が見える山の村

那智勝浦町色川地区にはかつて小学校が三校あった▼バス路線に沿って海に近い方の東部地区に「妙法小学校」、色川村時代に役場のあった中部地区に「色川小学校」、最も海に遠い西部地区に「籠(かご)小学校」があった。過疎化が進み現在は統合され色川小学校のみ残っている▼昭和33年から3年間、私は籠小学校に教員として勤務した。先日、思うことあってその地を訪ねた。道路は舗装され要所要所が拡幅され比較的走りよい。かつて未舗装の山道を満員バスで揺られたことを思うと隔世の感がある▼山の中腹をくねくねと曲がる道路を走りながら往時のことを思う。昭和30年代には鉱山も盛んであり人が大勢いた。籠小学校で私が担任したクラスでも23人の子どもがいた▼現在は過疎化が進み他からの移住者なくして学校の存続も危ういという。累々と石を積み上げて得た耕地は広大である。それに豊かな水と南斜面の陽光はどの土地でも得られるものではない▼更に太平洋を眼下に一望する色川地区の立地はこれからの時代必ずや見直される日が来ると思う。

茶畑に立ち一望す春の海

春彼岸

21日、彼岸の中日に墓参りに行く▼かつて父に従って歩いた道を私が先頭で息子らはそれに従う。何気なく繰り返してきた墓参りだが改めて考えると意味深い▼墓地とは昔から寂しい所だと勝手に思い込んでいたが、気がついてみると意外と明るい場所でもある。石の材質のためか、手入れがいいのか最近のお墓は輝いて見える。それに色花など供えてあると春の陽光の下、多少大げさに言わせてもらうと「華やかさ」さえ感じる▼お墓に来るといろいろな人に会う。普段ごぶさた続きの親戚の人、遠くに住んでいてこの日のために帰省した人など懐かしい。若い人にはそれぞれの血縁について説明したりする。かつて親の世代の人たちが私にしたように▼一通りの掃除を終え墓前に花をたむけ線香をあげる。その後墓石の文字を丹念に読む。古く苔生(こけむ)した墓石からは遠く明治以前の年号が読みとれる。代々続き、私や子や孫へと引きつがれている「血縁」というものに感動を覚える▼今年は暖冬、いつの間にか春になったが、彼岸が過ぎこれからは日一日と昼間の時間が長くなる。街では選挙戦が始まる。

春彼岸血縁続くなお続く

歩き遍路

最近の話だが私の高校時代の同級生で四国八十八カ所を歩き終えた人がいる。その距離1100キロ▼一昨年の春、彼が歩き遍路を始めたことを知った。一番札所「霊山寺」、そこから1・2キロで「極楽寺」、2・7キロで「金泉寺」と続く、阿波10カ寺を巡っても30キロそこそこで1日の行程である▼ところがである。なめたらいかん。そこから始まる11番「藤井寺」から12番「焼山寺」は12キロの行程だが山道が厳しい。更に23番「薬王寺」から室戸岬の「最御崎寺」にいたっては海沿いに続く75・5キロ…▼遍路の目的は人によって異なる。同級生の名前は玉置平八郎氏。彼が何を目的に歩いたかはさだかではない。とにかく何回かに分けて四国へ通い続けこの春晴れて最後の八十八番札所までの全行程を歩き終えたことに敬意を表する▼四国遍路は修業の道程である。今では大衆化し乗り物を利用する人も多いが、それだけに歩き遍路には値打ちがある▼玉置氏の電話は最終八十八番「大窪寺」に至り「結願」した事実は伝えて来たが大げさな感想などはなかった。72歳、行程幾多の苦難を乗り越えての目的達成を心から喜ぶ。

ひたすらにただひたすらに遍路かな

黄砂

先日、名古屋に住む車好きのＦ君がわが家に立ち寄った▼「Ｆ君、ど、どうした。珍しく車がきたないね」「黄砂です。洗ってもすぐ斑点がつくんです」「本当だ。Ｆ君、これが本当の黄砂点だね」久し振りの私の駄洒落をＦ君は義理で笑ってくれた▼黄砂は中国大陸の砂漠の砂が上空高く舞い上がり、それが偏西風に乗って日本列島各地に降りそそいでいるものだ。今年特に多いのは大陸に降雪が少なく飛散の抑制がきかなかったからだという▼それにしてもこのところの量は多い。大きさ０・５〜５マイクロメートルと花粉よりはるかに小さな砂の粒子が空中を飛んでいるのだ。春の風物詩などと言っていていいのだろうか。洗濯物や車のボディーの付着は見れば分かるが呼吸器系への影響が心配である▼テレビでの医師の話だと現在の日本の状態では特に問題はないが、心配なら花粉症同様マスクを使用してはどうかと言っていた▼黄砂と同時に語るのは不適切かも知れないが、最近の中国経済の発展は目覚ましい。そんな中、地元のグリーンピア南紀買収問題で中国系企業が名指しで話題になっている。読者の質問に何も答えられない自分が恥ずかしい。

知らぬこと多き日々なり黄砂降る

雉子の声

明治の小説を読んでいたら急に現代の生活が嫌になった▼『おい』と声を掛けたが返事がない。軒下から奥をのぞくと煤けた障子がたて切ってある。向う側が見えない…。」とは夏目漱石の「草枕」の中で山道を歩いて来て茶店に入るところである▼この現代に店に入る時、「おい」と声を掛ける人もいないが、もしそれをやればケンカになる。山の店で茶の一杯でも飲もうと思えば自動販売機であろう。最近ではものを言う機械があるから礼の一つぐらい言うだろうが面白くない▼小説の中では茶店の婆さんが出て来て那古井の宿の嬢さまの話など出てくるが、現代ではどこへ行っても東京発のニュースが追いかけてくる▼街に帰り、スーパーやコンビニに入ればドアは勝手に開閉するが相手は機械である。店の中で店員が「いらっしゃいませ」「ありがとうございました」「またどうぞ」と叫んでいるが客の顔など見ていない▼ホテル、銀行、その他の量販店でも客の方が引いている。数字や記号が渦巻く現代はとても住みやすい時代とは言いがたい。

夕暮を山下り来れば雉子の声

みかんの花

山を歩いていて五月ほど自然界が活気に漲(みなぎ)る時は他にないように思う▼四月の花は散り、山も野も若葉におおわれる。空は明るく、小鳥たちの囀(さえず)りも高い。さわやかな風と共にいい香りがする。みかんの花の香りである。大きく深呼吸をする▼4月29日が今年から「昭和の日」になった。そのためかテレビで昭和の歌をよく聞く。ふと古い歌を思い出す▼「みかんの花が咲いている／思い出の道丘の道／はるかに見える青い海／お船がとおくかすんでる」その昔童謡歌手川田正子の歌声がラジオから流れていたものだ。終戦の前年、私の母は疎開先の郷里で病死した。私はこの歌の三番が歌えなかった。「いつか来た丘母さんと／いっしょにながめたあの島よ／今日もひとりで見ていると／やさしい母さん思われる」▼「昭和」は長かった。戦前、戦中、戦後、そして経済の高度成長期と。その間、人々の生活(くらし)は見た目豊かになった。しかし、何か大切なものを失ってしまったように思う▼「黒い煙をはきながら／お船はどこへ行くのでしょう」とは二番の歌詞だが、日本人のこころはどこへ行くのだろうか。「波に揺られて島のかげ／汽笛がぼうと鳴りました」と歌詞は続くが。

追憶はみかんの花の香と共に

2007年６月24日

ひどい世の中

ひどい世の中になったものだ▼福沢諭吉の言葉に「単に銭を目的として銭を利し、銭以上の目的なきものは、ただこれ銭の奴隷」とあるが、昨今のニュースはそんな言葉を想起させるものが多い▼人材派遣会社が派遣労働者の給与の一部を不当に天引きしたり、老人福祉施設で利益優先で不正を行ったり、英語の大手の塾で塾生から金だけ取って十分な指導を行わなかったり、食肉業者が牛肉と偽って豚肉を混ぜたミンチを売ったり、その例は枚挙にいとまがない▼世の中国際化の時代である。各業種とも国際的な競争にさらされ経営環境は厳しい。その中で利益を上げ従業員を養っていくのは容易ではなかろう。だからと言って労働者や消費者を欺く行為が許されるものではない▼賃金労働者や年金生活者など一般生活者は、限られた収入から情け容赦なく引かれるものは引かれる。残った金で物を買えば偽物で、その代価に対して消費税まで かけられるのではたまらない。「ビジネスの本質は詐欺」と言った人がいたが、にわかに真実味を覚える昨今である▼政府は教育改革を叫んでいるが、学校を変えても世の中良くなるものではない。

子育てに偽りはなしつばくらめ

少し離れて

人間関係がむずかしい時代がきた。個性は尊重されるべきだがその個性がわがままになってぶつかり合うと事態は厳しい▼先日、テレビのクイズ番組を見ていたら、日本の最近の離婚状況を問う四択問題で「2分2秒に1組」というのが正解であった。これには少し驚いた▼仲がよく結婚しても破局がある。ましてや恋人レベルの付き合いでの別離は珍しくないと思う。別れそのものを不幸とは思わないし、事情あってのことだから無責任な発言はひかえるがふと次の比喩(たとえ)話を思い出す▼冬の朝、寒さにこごえた山アラシのカップルが暖めあおうと近づき合う。ところが、近づけば近づくほどお互いの棘(とげ)がささって痛い。人間であれば互いのエゴが相手の心を傷つけるということだ。山アラシのカップルは傷つかず、それでいて暖かい適当な距離に身をおく幸せに気づく▼「友人は喜びを二倍にし、悲しみを半分にする」とはドイツの詩人シラーの言葉だが、こうした良好な友人関係も適当な距離をおくことによって得られる▼山アラシの話、棘を出しているのは相手だけではないというのが効きどころ。

緑蔭や遠来の友やや病める

最後の晩餐

古い雑誌を見ていたら文士の「最後の晩餐（ばんさん）」という特集があった。永井荷風、三島由紀夫ら著名な作家たちの肥えた口による「至福の一品」が紹介されていた。▼その中で小膝を打つ思いがしたのが森本哲郎（評論家）の一品である。森本哲郎と言えば朝日新聞時代から海外取材に飛び回り、世界中の食文化に触れてきた人としても有名である。豪華な外国の料理をと思いきや、何とこの人、「握り飯と更科蕎麦（さらしなそば）」をご推奨であった▼ご当人は魚より肉が好きで、分厚いビーフステーキかイタリア料理、中華もいいとのことだが、それがこの世の最後の最後だとしたらコメの飯と蕎麦がいいとのこと。更に旅立ちを西行法師が〈花のもとにて〉と桜の季節に他界往生を願ったのにならい〈秋の月下で〉と書き「主役は梅干し、鰹節の入った握り飯と更科蕎麦、おかずは炭火で焼いた秋刀魚です」と描写は細かい▼飽食の時代とはいえ、この場合は厳選、行き着くところ普段の家庭料理で妻がいてビールがあって自分で作った夏の野菜があればそれでいい▼まったく関係ない話だがこの間のイチローのランニングホームランは気持ちよかった。

雲厚くいまだ蝉の声聞かず

イソヒヨ

先日、知人との雑談の中でつばめの巣をイソヒヨが襲うことを知った。彼の家の軒先の巣で一番子4羽が育ち、その後の二番子を育てに入った時、荒らされたとのことだ▼イソヒヨはその名のとおり元来海辺の鳥なのだが、いつのころからか海から離れたところにも住むようになった▼実はわが家の軒先にもつばめが巣を造り、先日一番子4羽が育ち、無事に巣立った。そして二番子がやっと孵化したと思った矢先、突然親鳥共に姿を消した▼不思議に思っていたところにその話。インターネットで調べてもらったら、珍しくないことだとか。先日、突然裏口から2羽のイソヒヨが飛び込んで来て、家中を騒がせたのだが、そんな悪事をはたらくとは知らずやさしい言葉まで掛けて外に出してやったのに▼雀をはじめ、山鳩、百舌(もず)、つばめらと共に、わが家への「来訪者」として好感をもっていたのにイメージダウンである▼政治家を小鳥と同時に論じるのは失礼だが、日ごろ好感をもっていた人が、何かの理由で突然失脚する姿を見るのは寂しい。鳥には自制心がないが、人間にはそれがある。来週は参院選の投票日。立派な人を選びたい。

磯鵯の百足(むかで)ついばむ速さかな

2007年７月29日

浜木綿(はまゆう)

夏の日射しがもどって来た。晴れ渡った空、輝く海、地には草木の緑と蟬の声。車で移動しているとあちこちに浜木綿の花を見る▼昔、東京で浜木綿のことを聞かれたことがある。万葉集の恋の歌〈三熊野の浦の浜木綿百重(ももえ)なす心は思(も)へど直(ただ)に逢はなくも〉を持ち出し、この「三熊野」とはあなたの実家のある地方かと言うのだ。そうだと答えたら浜木綿とはどんな植物かと聞かれて困った▼誰でも知っているものと思っていたのだが彼女は北海道の留萌(るもい)の出身、その地には自生する竹もなければ薩摩芋も産せず、みかんの生(な)っているのも見たことがないと言う▼図鑑を見せてハマユウを説明したら「百重なす」のは花か葉かと攻めてきた。そんなもん知らんがなと逃げたが気になる。後日図書館で調べたら二説あって「たくましい緑の葉が幾重にも重なることと以外あり得ない」と花の説をまっこうから否定していた▼私もそうだと思うが、浜木綿も葉だけではたとえ幾重なすとも絵にも詩にもなるまい。あの白い花を得てこそ緑の葉も歌に詠まれたものだと思う▼現在浜木綿の群落自生地は減り、新宮市三輪崎の孔島（くしま）はその貴重な自生地の中の一つだという。

浜木綿は知るや知らずや恋の果て

住所・氏名

人は一生のうち何回住所・氏名を書くことか▼わが家に届く郵便物の差出人に「津市新町」という住所の人がいる。この上に県名の「三重県」をのせ町名の下に字(あざ)と番地を入れても12字である。それに比べ私の実家（本籍地）など「東牟婁郡那智勝浦町」とここまでですでに9字、県名の「和歌山県」に字(あざ)の「浦神」を書くと15字、番地が4桁で正式には番地の前に「続」の字を入れねばならず合計20字に達する。津市の場合とは大差である▼氏名にも長短がある。私の記憶する最も長い人の氏名に「藤本太郎喜左衛門将時能(きざえもんのしょうときのり)」という人がいた。堂々11字を連ねる。何も戦国武将の名前ではない。昭和24年生まれとあった（朝日新聞の切り抜き）。ちなみに一番短い姓で画数も少ない人は「一」さんで複数（人名辞典）。読み方は「いち」「はじめ」「かず」でエッと思う読み方で「にのまえ」さんがいた（1は2の前）▼難読姓や同姓は生活上不便である。珍名奇名も名乗るのに抵抗があろう。だからと言ってカナやローマ字表記も混乱を招く。とりあえず事務的な書類に限り番号制を採用し住所氏名の記載を最小限にしてほしいと思うのだが。

振り返る青田の二人同じ姓

８月15日

８月15日は終戦記念日である。▼テレビ番組のクイズヘキサゴンではないがこのごろ、日本がどこの国と戦ったかを知らない人さえいる。日本が負けたことも▼昭和20年８月15日、日本はその日にポツダム宣言を受諾し、戦争が終わる。いわゆる終戦を迎える▼ポツダム宣言とはアメリカ合衆国大統領、中華民国政府主席、大英帝国首相らにより日本の戦後の占領政策や領土の範囲などを示し、強力な武力を持つわれわれ（連合国側）とこれ以上争うと犠牲者を増やすばかりだから早期に戦争をやめよと言うのである▼ポ宣言の提示は昭和20年７月26日、それから８月15日までの期間の意味するものは大きい。８月６日に広島に原爆が落とされ、９日には長崎に。その間の８日にはソ連が参戦している▼戦後、戦争に関する主要な地位にあった責任者は「戦犯」として裁かれ、ある者は処刑された。だが、戦後62年、その後の歴史は物語る。東京裁判で裁く側に立った国々はその後何をしたか。戦争をしたのである。それは現在も続いている。

八月や六日九日十五日

思い出

先日、久し振りに新宮の緑丘中学校を訪ねた。その昔、教員として12年間お世話になった学校である▼昭和40年代、当時は木造校舎でそれもかなり老朽化が進んでおり体の大きな生徒が廊下の床板を踏みぬくアクシデントも珍しくなかった▼ある日のことである。近所にあった豚舎が火事になった。難を逃れて遁走（とんそう）して来た親豚子豚、その数ざっと200、中庭、便所、一部は廊下から侵入して職員室前に寝そべった▼当時の緑丘は街から離れた存在だった。佐藤春夫作詞の校歌の一節に「緑丘は静かなり」とあるが、確かに周りは山と田んぼであり、夜は蛙の声も聞かれた▼芥川賞作家の中上健次氏が先輩として挨拶に来られ、運動場に整列した生徒を前に話をされた。「私は中学時代、山や田んぼで遊んでばかりでした」と言い、折から吹いてきた寒風に「もう終わりましょう」と話を中断して自らやめられた。そうしたことも特別後味の悪い雰囲気も残さず自然なことに思われた▼生徒数はやたら多く、設備も整っていなかったが、その中で生徒たちは逞しく育って行った。ウォーキングのデューク更家にバスケットを教えたのもそんな時代だった。

思い出を宿す学舎百日紅

2007年10月14日

野道を歩く

雨あがりの野道を歩く。コスモスの咲く県道を横ぎり田んぼ道へ。刈り田の畦に大型の鳥が来ている。ゴイサギだ。この鳥の名は醍醐天皇が五位の位を授けたのでその名がついたと伝えられる。漢字では五位鷺と書く▼川べりの道まで来ると彼岸花の赤が目につく。例年感心することは、彼岸花がきっちり彼岸前後に咲くことだ。その律儀な花がなぜか今年はおそかった。いつまでも暑かったのが原因らしい。その分なのかいつまでも赤い▼その昔、俳句の先輩が亡くなった。その人は僧籍にあった。その年の秋にお寺で追善句会があり出席した。私は故人の生きざまなどを考え「彼岸花仏は仏人は人」という句を作った。互選の結果、この句は不評であった。しかし、「葭の花」の前川十寸居師からは、長い解説入りでたいへんなお褒めにあずかった▼野道とはいえ人に会う。犬を連れた人に会ってあいさつすると、犬も私の方を見る。最近のテレビコマーシャルで、犬をおとうさんに見立ててものを言わせるのがあるが、あれはおもしろい▼歩きながら山頭火を思う。種田山頭火という俳人はよく歩いた。そして純粋に生きた。人は理屈より感性で生きた人の方が美しい。

彼岸花しおれても茎についてる

笑って答えず

最近取材もあって山間部へ入る機会が多い。そこで目につくのが空き家である▼どの地区、どの地域ということはない。石垣に囲まれた古い農家が、庭も畑も荒れたまま放置されているのだ。近所の人に聞くと、子どもたちは街に出て行き、年寄りが残って農業をやっていたが、一人は亡くなり、一人は施設に入っているとのこと▼更に奥地に入ると、一つの地区そのものが家屋敷を残して人が住まなくなっているところもあった。かつての田んぼに植えられた杉の木が今では結構太い▼そんな山間部を車で移動していて、薪で風呂をたいている一家があった。白髪の主人にうながされて縁側で茶を馳走になる。自家製だという。風呂も昔風の五右衛門風呂であった▼早寝早起きで夫婦とも健康、少々耳が遠いとは主人。若い時に都会で働き、定年後田舎に移り住んだとのこと▼ふと、李白(りはく)の詩の一節を思い出した。「吾に問う、何事か碧山(へきざん)に住むと／笑って答えず、心おのずから閑(かん)なり」(世間の人はなぜこんな山の中に住んでいるかと尋ねる。私は笑って答えないが、まことにのどかな山の暮らしはいいものだ)と言うのだ▼道路もよくなっている。田舎暮らしを快適に過ごせる時代が来ているように思う。

鶏頭や風呂焚く煙たなびける

2007年11月25日

宇久井半島秋景色

「現地へ行きましょう」宇久井の小、中学生が体験学習している畑についての私の質問に玉置之一（ゆきかず）さんは素早くオートバイに▼「宇久井海と森の自然塾」の塾長である玉置さんは昭和6年生まれの76歳、なのに身のこなしは10歳以上も若い。「現地」とは宇久井半島の国民休暇村近くにある環境省・ビジターセンター付近▼かつて区民の耕す畑として長い歴史をもつこの一帯を観光開発目的で企業が買い占めたのは昭和30年代、以後経済状況の変化で計画は頓挫（とんざ）、長期にわたり荒らされていた▼「ここがその畑です」「昔、麦、サツマイモを作っていたところに、今子どもらと作っています」熊笹などの生い茂る荒れ地をスタッフ一同がボランティアで開墾した様子も話してくれた▼畑の後、「散策道」を案内してもらう。釣り人が通るぐらいの道を少しずつスタッフが整備していったのだという。丸太を並べ、石積みなどしてあり歩きやすい▼散策中、西空に赤々と沈む夕日が海を染める景色を見た。夕映えの中の塾長の顔は充実して見えた。それは観光開発よりも偉大な未来志向の事業がこの半島の森の中から始動していることを実感している顔に見えた▼「自然塾」の発展を願ってやまない。

団栗（どんぐり）の四、五個ころがる事務机

12月8日

12月8日を特別な意味をもって迎える人の数も少なくなった。▼昭和16（1941）年12月8日に日本は米英両国と戦争状態に入った。それから3年8カ月後の昭和20年8月15日に日本の敗戦で戦争は終結、その後戦争犯罪者が裁かれた▼表面的な戦争はそういう形で終結したが、その時代を生きた人々にとってはそう簡単な問題ではない。現実に戦後62年を経て今なお未解決の問題が山積している。中国残留者の問題、従軍慰安婦問題、北方領土問題、米軍基地、靖国神社参拝の是非などあげれば際限がない。数々の戦犯の処刑にも問題が残る▼6日夜のNHKテレビの番組で旧満州におけるソ連参戦後の日本人の様子が放映された。先の戦争でその責任を日本側に求め、その非を指摘し、謝罪や賠償を求める内容の報道は多いが、日本人が言語に尽くせぬ苦難と屈辱とを味わわされた数々の事象はほとんど封印されたままだった▼私は国民学校（現在の小学校）5年生で敗戦を迎えた。疎開先の学校に次々と満州からの引き揚げ者の子どもたちが転校して来た。彼らから聞いたソ連軍らによる「蛮行の事実」はとてもここには書けない。戦争の傷痕が完全に癒やされるにはこれからでも100年かかるだろう。

十二月八日の朝の庭を掃く

2007年12月30日

除夜の鐘

大晦日、正子（ね）の刻（12時）に百八の煩悩（ぼんのう）を除去する意味を込めて寺の鐘を撞（つ）く。除夜の鐘である▼煩悩を取り除いて迎えたはずの平成19年であったが、振り返ってみると世の中煩悩がもとで起こった出来事が多かった。今年をあらわす漢字が「偽」であったとは寂しい▼煩悩の最（さい）たるものは権勢欲と物欲だろう。その上別の欲も加わってみっともないことが多過ぎた▼曹洞宗の開祖道元（どうげん）（１２００～１２５３）は藤原氏の流れの人であったが権勢を極度に嫌い、名利ということを潔癖に拒否したとのことだ。ある時、執権北条時頼が道元に土地を寄進するとの知らせがあり一人の弟子がそれを喜んで大衆にふれまわった。道元はそれを聞き、その弟子を追放し弟子が座禅していた床下の土まで掘り起こして捨てさせたとの逸話が残る▼物質文明の開花した今日、人々は幸福を外に求めて心が満たされない。昨今、道元の教えを求めて永平寺（福井県）での座禅修業を希望する人が増えているという▼やがて日本列島に除夜の鐘が鳴り響く。せめてその間ぐらいすべての煩悩から解放され新しい年を迎えたい。

山上に灯火（あかり）一つや除夜の鐘

無人市場

無人市場が大はやりである▼町中をはずれて車で走ればどの道を通っても無人市場がある。大根、人参、白菜、玉ネギなど野菜類が多いが季節柄みかんが１袋１００円で山積みされている。季節の花もある▼道路脇に棚を作り誰もいないところに商品を並べ、客は良心に従って代金を箱の中にいれて買う。これが無人市場のシステムだが、客と出店者の信頼関係で成り立つシステムだ。そこには高い道徳心が前提となる▼新宮の道場に合気道の修業に来ていた外国人でこのシステムを見てたいへん驚き感服していた人がいた。どこの国の人とは書かないが、その人の母国では絶対に考えられないと言っていた▼無人市場の出店者が心痛める話もないではない。そういえば監視カメラがセットされているところもあった▼私も少しだが野菜を作ったことがあるが、大根一本芋一個がまともに作れなかった。市場に並ぶ野菜や果物は生産者にとってはいのち同然のものである。無人の意味をよく考え違法な行為はしてほしくないものだ▼きれいに洗われた大根、几帳面に束ねられたネギやほうれん草、水仙の花、私は心の中でお礼を言いながらよく利用している。

大根の白が輝く無人市（いち）

鯨門

「鯨門」とは本物の鯨の肋骨を二本向かい合わせに建てた学校の門のことである▼先日校歌シリーズの取材で串本高校を訪れた際、木原校長にお借りした同校七十周年記念誌にその門の写真があった▼写真の空の部分に「大正七年・開校記念」のスタンプの文字が見てとれる。下の方に「長サ地上九尺地下三尺太サ三尺二寸」と右からの横書きの印刷文字が小さくあり、発行所名もあるので当時はやりの写真絵はがきだと思う。（1尺は約30・3センチ）▼七十年誌の別のところに「実業学校草創の頃」として吉村宮一氏（大正13年卒業・第3回）が鯨について触れておられる。「その頃は十日に一回ぐらいは鯨が大島と串本との間のこの海を時に子連れで悠々遊泳していました」とあり「実業学校の門は鯨のあばら骨を二本建ててあった。鯨門、北門と呼称されていました」とある▼実業学校は県の水産試験場に併設していた水産講習所（水産関係の技術者養成学校）の後を使用していたとある。さて、誰の発案でこの門が実現したのか。因みに筆者の父は水産講習所の出身でその辺の話を聞いたような気もする。それにしても門柱になろうとは当の鯨は思ってもいなかっただろう。

海に鯨母校の門は鯨門

座る

人間の暮らしで寝ている間は別にして、座っている時間は結構長い▼食事、テレビ、新聞、読書、学校の授業、会社や役所の事務、会議、乗り物の中…等、人はよく座る▼座りにもいろいろあって、正座、胡坐（あぐら）、横座り、しゃがみ、腰かけ…。時と場合によるが腰に負担が少ない方がいい▼生活様式の変化で最近では椅子に腰かけて食事をとる家も増えたが、やっぱり和室がいいという人もいる。和室に座椅子の高齢者もいる。立ち上がりに独自の掛け声をかけたりして▼さて、筆者の現在だが洋室を和室風に使ってソファーを背もたれにして座っている。目の前の読みさしの本「菜根譚（さいこんたん）」にこんなことが書いてあった。「人生一分（いちぶ）を減らせば、一分を超脱す」解説に「人生、何事によらず減らすことを考えればそれだけ俗世間から抜け出すことができる」とあった▼交際を減らせばもめ事も減る。口数を減らせば非難を受けることが少なくなる。考え事や欲を減らせば疲れも軽くなる。物を減らせば部屋や家を広く使える▼ちなみに筆者は今、自宅の部屋で座布団を二つ折りにして炬燵（こたつ）を前に座っている。それはそのまま枕にもなる。

岩に座す釣人一人早春（はる）の海

2008年3月2日

主役意識

昔読んだ心理学者の多湖輝の本で「自分の人生を充実させるため」には主役意識を持つことだとあった▼具体例として、政治家や会社の創業者社長はかなりの高齢でも生き生きとしており行動や発言内容も自信に満ちて若々しいと書いてあった▼私の近くにも高齢で十歳以上も若く見える人は珍しくない。Aさんは農業経営だが早寝して朝はややゆっくりで日の出を待って起きるのだと言う。その上で農作業は計画通り水田、畑作、果樹園と季節を通してなんとも楽しそうに働いている。七十も後半だと思うが実に若々しい。彼は営農の主役である▼古い言葉に「女は弱し、されど母は強し」とあったが、思えば母とは子育ての主役。「恋する女は…」とも言うが、恋する女も恋の舞台の主演女優。後に続く言葉は「美しい」ということか▼テレビでおなじみの芸能人や女子アナ、天気予報を伝える女性たちも初めはぎこちないが見る見るうちに輝いてくる。いずれも主役意識のなせる業か▼3日は県立高校の卒業式。これからの人生「主役意識」を持ってのぞむことが大切だと思う。そうすれば努力もするし我慢もできる。

桃の花そっと生けられ家和む

2008年3月9日

酒の効用

他社の新聞を手にすると中央紙、地方紙を問わず必ずコラムを読む▼3月7日付の朝日の天声人語と読売の編集手帳が偶然同じネタだった。新聞のコラムで政変や社会面の大きな事件などあればネタが重なることは珍しくないが、ネズミを使った酒の効用の実験結果を大新聞が同じ日のコラムに取りあげるとは面白い▼その実験とは東大の松木則夫教授らが米専門誌に発表したもので、ネズミを箱に入れて軽い電気ショックを与えもとに戻す。翌日その箱に入れるとショックを思い出してすくんでしまう。その直後に一方のネズミには人間の泥酔状態ほどにアルコールを注射し、もう一方のネズミには食塩水を注射する。3日目に箱に入れると予想に反し、アルコール組の方が長い時間すくみ、2週間後も同様の結果だったという▼この結果が人間にも当てはまるなら嫌なことを思い出しながら深酒すると酔いが覚めても嫌な記憶は強く残るということになる▼「ありもしないやけ酒の効用に科学がとどめを刺したかに見える」とは天声人語。「よし、もう憂さ晴らしの酒は飲まない」とは編集手帳。とは言え面白くないことがあれば酒の一杯も飲みたくなる。食塩水で我慢というわけにもいくまい。

春愁や飲み干すほどに酔うほどに

ふるさと学習

本紙「校歌紹介」シリーズの取材で北山中学校を訪ねた▼音楽室を出て１年生の教室横の廊下の壁に興味深い研究データを発見した。今年度の総合的な学習の時間に１年生の生徒たちが集めて発表したものである▼「北山村の戦死者」（発表者・背戸大智、三浦拓）日露戦争明治37年２人、38年２人。満州事変昭和６年１人。日中戦争昭和13年１人、14年１人、16年４人。太平洋戦争昭和18年３人、19年19人、20年21人、21年１人。在郷死昭和21年１人、24年１人とあった。戦死地を地図に示し、よくまとまった発表であった▼「北山村の人口」（森田雄貴）グラフにして分かったこととして、昭和15年から20年にかけて人口が増え、最高２６０１人であったとある。理由は戦争中の疎開者が村内に移り住んだことをあげている。昭和20年の終戦を境に人口は減り、昭和50年に千人を切り、現在は５１０人、年齢構成もグラフ化し分かりやすい発表である▼「筏・観光」（尾崎竣一）その歴史は６００年前の室町期に始まるとし、名人技の櫂さばきが現在の観光筏につながる様子を上手に文章表現してあった▼少人数だが活気を感じる学校であった。

北山は関東ことば朝桜

語呂合わせ

世の中何かと暗い話が多いので少し遊ばせていただく▼私の知人に南という人がいた。彼の身の周りの持ち物には「373」の番号が書いてあった。不思議に思ってたずねたら「ミナミ」と読むのだという▼戦時中疎開先の同級生に坂本五十六という子がいた。当時の連合艦隊司令長官が山本五十六（いそろく）という人だったので「イソロク」君と読んだら「イトム」ですとなおされた▼テレビのコマーシャルでは古いところで「電話は4126（ヨイフロ）」というのがあったが、最近では生命保険会社やテレビショッピングでも上手に語呂合わせしている▼数字を並べた俳句もある。「八九三五八八八四三四三八八二四三」「三九八七十三四八三三七三十十三」世の中にはひまな人もいるものでよくぞ考えたものだ。作者不明のこの俳句、「白菜は柔し刺身は歯に滲みつ」と読み、もう一句は「咲く花と見しは小波遠江（さざなみとおとうみ）」と読む▼毎年国の予算が組まれるとその数字を語呂合わせして発表される。日銀総裁人事も難航する中、今年はどんな予算になるのだろうか。物価高に悩む庶民の食卓は日々淋しくなるばかり。「二九八七九五五六三三四九一八四九二」

肉はなく心淋しく鰯食ふ

この時代

朝、目を覚ます。小鳥のさえずりが聞こえる。平和である▼平和になれてしまった日本人に現在のイラクは想像しがたい。２００１年9月11日の同時多発テロは直接被害にあったアメリカはもとより、世界中がその事実に驚いた▼その後のアメリカなどのとった対テロ戦略は広く読者の知るところであるが、戦場での実情はほとんど知らされていない。アメリカの兵士たちの死者の数が増えていることだけは報じられているが▼この対テロ戦争を仕掛けたのは誰か。時の大統領という答えが返って来そうだが、果たして大統領一人の発想でこの戦争ができるか。現在上映中の映画「大いなる陰謀」は果敢にもこの問題にとりくんでいる。監督はロバート・レッドフォード。面白いというより深く考えさせられる映画だ▼平和に慣れ、アフガニスタンやイラクの悲劇を傍観していていいものか。今という「この時代」がどういう方向に向かっているのかふと不安になる▼「反戦」を叫んだり、自衛隊のイラク派遣違憲判決に拍手してみても、現在の国際社会がかかえる問題の根本的な解決にはならない。紙幅の関係で飛躍するが「大量消費」の時代が続くかぎり、この種の悲劇は終わるまい。原油は史上最高値。

葉ざくらやイラクの戦禍なお続く

気の力

気の力で相手を倒す。そんな武道が新宮に伝わっていると聞いて合気道熊野塾道場（新宮市元鍛治町）に入門して30年以上たつ▼「気の力」とは何か。今まで何度か受けた質問だが、私はその都度答えとして合気道に入門することを勧めた。▼合気道の創始者は田辺市出身の植芝盛平先生（1883〜1969）である。その教えは高邁(こうまい)にして深く、精神性の高いものであった。試合を禁じ、技は争うためのものではなくひたすら気の鍛錬として神を崇(あが)め技をみがいた。二代道主吉祥丸先生はその合気道を広く大衆に分かりやすいものとして世界へ広めた。現在はその吉祥丸先生も他界し、盛平先生の孫である守央氏が三代道主として本部道場（東京都）を継いでおられる。▼新宮の熊野塾道場は開祖植芝盛平翁が全国に数ある道場の中で最も重視したと言われている道場で、初代引土道雄道場長に十段位を授け、合気道本来(もとみち)の精神性の高いものを残そうとされた。引土道雄先生亡き後、現在は庵野素岐道場長（八段）を中心に高弟たちによって開祖直伝の合気道を引き継ぎ守っている。４月26日は開祖の命日で、今年も外国からの来訪者を含め多数の門人たちが集い年祭が営まれる。

朧夜(おぼろよ)を太刀(たち)振りており男(おのこ)たり

母の日に

ふと少年の日のことを思う▼昭和19年、それは終戦の前年である。戦況は厳しく、東京の学童はそれぞれ安全な地方へ疎開した▼私の家族はその時一家をあげて熊本の母の郷里の農村へ引越した。父は病身の母を気遣ってそうしたのだろう▼当初私の一家が身を寄せたのは母の長兄の家で、中二階のある大きな母屋とそれに隣接する藁葺き屋根の納屋と白壁の倉があった。その家の主人は母より17歳も年長で甥の私を可愛がり面白がって晩酌の相手をさせて焼酎を飲ませた▼神経質で細かった私は折を見てその家を離れ、近所の母の次兄の家へ行った。そこには一学年上の従姉がいた。その家にはきれいな花をつける大きな桃の木がありその下に20羽ほど鶏を飼っていた▼戦時中のこと、教科書は上級生のお古を使っていたが私はその従姉のを名前の部分を墨で塗って使った▼4月に郷里に帰った母はその8月に死んだ。母は46歳、私は4年生だった▼それから64年。戦争に負け、わが一族も何とかやって来たが焼酎は飲むが倉を建てた者は一人もいない。ただ現在わが家の庭に一本の桃の木がある。

母の日やわが書く文字は母に似る

分け合う心

ある講演会で講師がこんな話をされた▼「限られたものを分け合えばこころ豊かになり、奪い合えばより貧しくなる」。講師はあることのまとめの言葉として軽く言われたのだが、私には世の中全体に通じる大真理として心に響いた▼最近のテレビ、新聞の報道の大部分が人間の欲がからんだものだといえる。具体的な例として原油や食糧の世界的な高騰である。これは実質的な需要の高まりによるものではなく、世界的な余剰資金が投機的に動いている結果だという。それはやがて諸物価の高騰を招き苦しむのは弱者ということになる▼世界一治安のよい国と言われている日本でもこのところ凶悪な事件が相次ぐ。自殺者も多い。人々のこころが荒(すさ)んでいる。企業は雇用形態を変え、人件費を削減して利益を生もうとする。正規社員は過労を嘆き非正規社員は低賃金に悩む。そうした中、商業主義は消費をあおる。学校は将来のためにと現在の楽しみを我慢させる▼戦前戦中戦後は経済的には貧しかったが、そんな中でも人々は限られたものを分け合いながら確かにこころは豊かに生きてきた。最後になったがその講演会とは紀宝町参与の二村昭医師による健康講演会である。健康に最も大切なのは心の安らぎなのである。

敵機去り甘藷(いも)分け合うて食いしかな

潮岬

取材で潮岬を訪れた▼潮岬は串本町の南方に突出する半島で北緯33度28分、東経135度47分、本州最南端にあたり海抜33～85メートルの台地である。半島は閃緑岩より成り、断崖険しく立ち、眼前に広々とした太平洋を眺め、荒磯に打ち寄せる波のありさまは豪快の限りをつくす▼沖合を流れる黒潮の影響で気候は温暖多雨であり葉肉の厚い濃緑の亜熱帯性樹木の森が各地に点在する自然豊かな地域である。しかし、四季を問わず荒天時には強風が吹き、毎年付近に台風が接近・上陸するという自然の厳しさも合わせもっている。昔ながらの家屋は比較的屋根が低く、四方を防風の石垣や樹木で囲まれ、厳しい自然の中で生活する人々の知恵を伺い知ることができる。（後略）▼この文章は先日、本紙シリーズ「校歌紹介」の取材に訪れた潮岬中学校で見せていただいた同校の今年度の教育計画を示す冊子の第１ページ「地域の概況」の書き出しの文である▼そこには平成20年４月１日現在の潮岬区の人口が３０３４人、世帯数１３６２戸、同校の生徒数が69人で、近年高台で津浪の心配のない同地区に住宅新築が急増していることも書いてあった。読みながら隙のない文章に感心した。

大柄な生徒の笑顔浜万年青

東の太陽・西の新月

標題のタイトルの本を串本町の読者から紹介された。「東の太陽」は日本、「西の新月」はトルコを意味する▼本の表紙を巻く帯にテレビニュースキャスター鳥越俊太郎氏は「トルコを旅した日本人なら誰もが思う。『トルコ人って何でこんなに親日的なんだろうか?』その答えが本書の中に生き生きと描かれている。そして日本人はほとんど知らないある感動的な物語」とし、「主役は国のエライ人たちではなく、名もなき普通の村人たちの無私無欲の行為だった」とある▼その内容は明治23（1890）年に親善使節として日本を訪れ、明治天皇に拝謁（はいえつ）、帰途樫野埼沖で遭難し600人近くの犠牲者を出した「エルトゥールル号」にまつわることを詳細に書いた本である▼それは明治23年9月16日の夜、嵐の中を怪我をし、やっとの思いで岸に泳ぎ着いた一トルコ兵の救助から始まり、生存者の世話、おびただしい数の遺体の捜索・収容、慰霊の様子等克明に記され、さらには生存者送還にまつわることも▼本紙「校歌紹介」の取材で大島中学校を訪れた際、生駒校長より紹介された「追悼歌」の「陽は落ちぬ／悲しび深し」の歌詞もその本の中に出ていた。

※同書は定価1800円＋税・現代書館　著者　山田邦紀・坂本俊夫

炎天の空さして建つ樫野の碑

抗議（平和を創る人）

7月23日（水）の本紙「くまの文化」を読み心うたれる▼執筆者は和賀正樹氏。「わがの遠ぼえ」のタイトルで熊野地方の出身者が異郷で活躍する姿を伝えている人だ▼今回は沖縄でカヌーに乗って洋上に出て米軍基地建設反対の意思表示を続けている新宮市出身の平良(たいら)悦美さん（73）のことを紹介していた▼「04年、米軍普天間基地の代替地施設を沖縄・辺野古(へのこ)の沖に建設するため日本政府はボーリング調査を始めた。反対派はカヌーに乗って作業船を囲む。抗議は非暴力。相手には決して触れない。潜(もぐ)れる市民は海中に建設中の櫓(やぐら)に身を貼り付けた」と記事は書く▼「ここ4年半、毎朝4時半に起床。5時に沖縄市の自宅を車で発つ。6時に辺野古着」とは悦美さんの日課である▼この人こそ私が高校2年で転校して来た新宮高校で同級だった堀悦美（旧姓）である。色白でやや大柄で襟の大きな服（当時は私服）を着て、絵が上手で英語ができても静かな人だった▼本紙の写真で見る彼女は当時を知る人には想像できない。「平和を創る旗」を立て沖縄の海を背景にカヌー上に立つ日焼けした73歳の彼女に思わずガッツポーズ！

それぞれに山河のありて敗戦忌

語り継ぐ戦争体験

戦後63年もの月日がたち戦争体験者の数は年ごとに減っていく▼手元に紀宝町桐原の仲尹万（ただかず）さんから頂いた冊子がある。熊野市、紀宝町、御浜町など南牟婁郡に住む戦争体験者が語り継ぐ「真実」がそこにあった▼熊野市五郷の坪井平二さんは「戦艦『大和』に乗艦して」と題して、３３３２名の乗組員に対し２６９名の生還者の１人である坪井さんは、１９４５年４月７日12時35分に始まる戦火の様子を詳細に語っておられた。「幾百幾千とも知れぬ敵雷爆撃機の波状攻撃が続き…大和の甲板は屍山血河の地獄図となった」とあり、重油の海に投げ出され運よく駆逐艦「雪風」に救われたとあった▼紀宝町桐原の木村金蔵さんは「酷寒のシベリア抑留」と題して１９３９年徴兵検査で入隊して以来の南方戦線、一時除隊するも再入隊、北の南千島の防備に当たるが終戦。それから始まったシベリアでの抑留生活の3年間を生々しく語っておられる。「栄養失調で亡くなる者も多かった」として「隣の兵隊が話している途中黙ってしまうので見るとぐったりしていた」「鉄のような凍土にやっと穴を掘って埋葬した」とあった。その他計12名の人の貴重な体験が収められていた。冊子は07年４月発行。

特攻の十九の兵と二人して桑の実摘みぬその日真近かに
（少年の日の回想）

秋の庭

さすがの猛暑も9月に入りかなり涼しくなった▼わが家の庭は庭師が入って造ったものではなく適当に植えた木や草花が枯れないで生き残ったものだけが勝手に繁っている▼この雑然とした庭が気に入ったか毎年蝉が大量に羽化(うか)する。それが猛暑の中で鳴き競っていたが今では枯葉色の抜け殻を残すのみである▼オリンピックが終わったと思ったらにわかに政界が騒がしくなった。政党の党首選びもいいが投票権のない一般人にはなんかよそよそしい▼これまた突然のことで驚いたのが「事故米」の食品加工業者への偽装転売である。焼酎好きの私はあわてて瓶のラベルを見てほっとする。朝日新聞川柳に「ギョウザ食べ焼酎飲んで長寿国」とあったが絶妙の説得力に感心する▼大相撲界の大麻騒ぎは残念だが、涙ながらにカメラに向かって謝罪する大きな体の若ノ鵬（20）の姿を見ているといずれチャンスを与えてやりたい気になる▼言葉に出せないほど残念なのは智弁和歌山の野球部高嶋監督の辞任である。秋の庭を眺めながら妙な世の中になったとしみじみ思う。

人ならば声を掛けたし項垂(うなだ)れて小雨に濡れる秋のひまわり

和の武道

10月11日（土）の午後3時、本宮大社大斎原（旧社地）は600人を超す外国人を含む合気道修行者と奉納演武大会の観覧者で特設舞台の周辺は完全に人で埋まった。その数約1500人▼奉納演武を前に同大社の九鬼家隆宮司はあいさつされ、その中でこんな話をされた。合気道創始者植芝盛平翁と本宮大社の関係は深く、その生誕にあたりお母様の願掛けに始まります。とあった▼九鬼宮司の話は続く。若き日に、それから合気道の道主となられてからも、その晩年に至るまで本宮大社への信仰厚くお参り頂いた回数は数えきれない程だったという▼盛平翁は合気道を「神武」と位置づけ「人と争うためのものにあらず」とし、試合を禁じ高遠な神の道として説いておられる▼平たく言うと合気道はこちらから攻撃することなく絶対平和主義で貫かれる。ただし相手が邪心に満ちた無謀な力で攻めて来れば相手と争うことなく、その力を全面的に利用して倒す。「合気道は気・心・体の妙用をもって導くだけのことである」とは師の教えである▼争いは更に次の争いを生む。争い多き今日、合気道が「和の武道」として広く世界に普及しているゆえんであろう。

とつくにの人も集いて本宮の社の原に合気花咲く

黒飴「那智黒」

私にとって飴と言えば黒飴「那智黒」である▼幼少時を戦前の東京で過ごした私だが「那智黒」は知っていた。父方の親戚筋が上京して来れば誰が来ても土産は那智黒と決まっていた。その頃の缶の形はドロップと同形で蓋(ふた)の位置も同じだが缶の色は全体に黒かった▼東京の家は五反田駅にほど近く、たいして大きくもない（むしろ小さい）のに父の親戚や知人がよく来て霧島昇の歌や廣澤虎造の浪曲のレコードを聞いて帰って行った▼その当時はもちろん、現在もその時の来客がどこの誰だか知らないが最近になって父の古いアルバムを見ていて謎が解けた▼紀勢西線開通（昭和15年）により南紀から上京しやすくなったせいか東京見物の客が増えていたようだ。外国航路の船乗りだった父は船を下り比較的ひまであったらしく、その案内役をつとめていたようだ▼父方の親戚で湯川で旅館をやっていた人がいた。戦後早くに父を亡くした私を不憫に思ったか時折温泉に入りに行くと奥の部屋に案内しいろいろ話をしてくれた▼そしてその都度那智黒に負けないような土産物を考案して来いと宿題を出された。私はついにそれには答えられず今その那智黒をしゃぶりながらこの原稿を書いている。

記紀にふる熊野古道もくらし道斧(おの)持つ人の速き足どり

人員削減

ある業界紙のコラムにこんな書き出しの文章があった▼故ケネディ大統領をして「最も尊敬する政治家の一人」と言わしめたのが米沢藩の上杉鷹山（ようざん）。上杉家は当初、秀吉に臣従して会津150万石を領したが、関が原の合戦では西軍に属したため米沢30万石に国替え。あげくその後の相続問題で15万石に削封。結果、石高は10分の1に減じたが家臣の数は150万石時代と変らなかった…。とあった▼藩の窮状は想像を絶するものがあり自らも一汁一菜の食事、衣服は木綿とし、奥女中50人を9人に減らし生活費も減らし節約に徹して藩の財政の立て直しをはかったという▽家臣一人一人は藩と共に在るという思想があればこその話だが、不況だからといって会社のために働いていた労働者のクビをいきなり切りにかかる今風の考えとは遠い隔たりを感じる▼経済活動が巨大化し、国境を越えて動いている時代に江戸期の話を持ち込んでも意味がないのかも知れないが、米沢藩の家訓にあるように「人民は国家に属したる人民にして」の表現を「社員は会社に属したる宝にして」とすれば、企業は好況期に得た蓄えをつかい、不動産等を売却してでも労働者の生活を守るはずである▼この暮れガソリン安価が唯一救いか。

田畑荒れ都会（まち）は不況の師走かな

庵野素岐師範

本紙17日（土）スポーツ欄既報の通り新宮の合気道熊野塾道場長庵野素岐師範（77）がこのほど日本武道館で柔道、剣道、空手道など9種目の武道団体で組織する日本武道協議会より武道功労者表彰を受けた▼昭和29年入門以来、実に半世紀を越す合気道一筋の修行と業績が評価されての今回の受賞であり筆者も同道場の門人の一人として心から喜んでいる▼道場では厳しい師範であるが、道着を脱げば兄貴格のよき先輩という感じでいろいろな話をうかがって来た。その多くは合気道についてだが新しい門人にとっては開祖植芝盛平翁の生前の様子を知る人として庵野師範の話は興味深かった▼木剣で打ち込んで行っても、棒で攻めても大先生（開祖）はそこにいなかった。世に言う「神技」の域に達していた開祖から直接指導を受けた人として、庵野師範への内外の門人たちの信頼は厚く、毎年何回か外国へ出掛けて指導に当たっておられる▼開祖は田辺市の出身だが熊野の神々への信仰厚く東京の本部道場と同様新宮の道場を重視されていた。合気の道を神の道とする開祖の遺志を継ぎ、故引土道雄前道場長（十段）をはじめ石本富男八段、須川勉七段ら多くの師範門人と共に庵野道場長は開祖直伝の合気道を守っておられる。

熊野川に身を清めての初稽古

2009年１月25日

地酒・太平洋

「寒い日は鍋がうまいな」「えっ」「えって、寒い日は鍋がうまいと言うとるんや」「あんた歯ええな、鍋をかじるんかい」▼かつて上方漫才で一世を風靡した「いとし、こいし」の名台詞である。絶妙の間と日常生活の小さな話題で大笑いさせてくれた兄弟コンビであった▼さて、現実の話になるがこう寒いと何を食べるかどこの家庭も考えることだろう。わが家はこのところ鍋料理が続いている。魚もいいがブタもいい。鍋料理のいいところは野菜をたっぷり食べられることと、何よりあたたまる▼先日、首都圏に住む友人と電話していたら彼の家も連日鍋料理だと言って笑った。寒い夜はやや熱めの燗で一杯やるのは最高だと言う。酒の銘柄をたずねたら新宮の地酒「太平洋」の佳撰が一番だと言いきった▼彼は酒好きで、かつてホテルの支配人をしていたのでその方には少々うるさい。電話の後、妻にその話をしたら津市に住む人でわざわざ買いに来ている人がいるとのことだ▼酒の味は水できまるという。熊野の山の霊気をたっぷり含んだ水は日本酒造りに合っているのだろう。改めてわが家の酒瓶を確かめたら新宮市船町3丁目「尾﨑酒造」の名の入った太平洋の佳撰そのものだった。

しみじみと古里の冬地酒かな

2009年２月15日

豆の花

取材で小学校を訪ねたせいか、年齢のせいか、このごろ幼少時のことを思い出す▼私の生まれ育ったのは戦前の東京で場所は五反田である。五反田駅とは目黒川を隔てた反対側で庶民の家がごたごた集まった所で町内には浪曲師や提灯(ちょうちん)屋や小さなメッキ工場などもあった。朝は豆腐屋のラッパの音、納豆売りの声、昼は玄米パンや夏には金魚売りも来た▼子どもらはおおむね路地で遊んだ。学校の運動場まで舗装してあったので路地の土の上での遊びは結構楽しく、三輪車で遊んだり釘刺しやビー玉、相撲もやった。紙芝居も来た。私はそういう世界で小学校（当時は国民学校）３年生までおり、その後熊本の農村へ疎開した▼生活は一変した。見渡す限りの平野で引越した四月は青い麦畑が一面に広がり所々に菜の花の畑が黄色のじゅうたんのように輝いていた。小川には小さな魚が泳ぎ、空には雲雀(ひばり)のさえずりがあった▼東京の学校は四月一日始まりだが、熊本は八日であった。私はその一週間をれんげが咲き、モンシロチョウが飛ぶ野原で遊び、生まれて初めてヘビを見た。それは夢の世界にいるような一週間だった▼八日になり学校が始まった。４年男子組60人。そこで初めて人生とは戦いの場であることを知る。私は転校生として一度も泣かなかった。泣いたら負けなのである。

父母(ちちはは)に言えぬ悔しさ豆の花

角(すみ)　英潔(ひできよ)

３月13日、朝から荒れ模様の天候だった。その日「高潔の人」角英潔氏の葬儀が行われた▼那智勝浦町市野々を住所とする以外私は氏の私生活についてはよく知らない。4年前に新宮高校の合気道部が廃部に向かっているとの噂を聞き同部ＯＢ会の方々が集まったことがあった。その時私は同部の指導者の一人として初めて角氏にお会いした。発言はひかえめであったが意志の強い人とお見うけした▼その後、学校側の理解により同校合気道部半世紀の歴史は更に続くことになり、ＯＢ会として角氏を中心に部員たちの指導の応援をいただいたが文武両道、集中力を養う角氏の指導は功を奏し、復活一期生とも言える本年度卒業部員５名はそれぞれ目標の進路を得、うち複数名が国公立進学を決めている▼部員たちは角氏を「角先生」と呼び敬愛し指導に従っていた。その中で氏が最も得意とする棒術は開祖直伝の技として昨年10月本宮における合気道世界演武大会で部員らにより披露され高く評価された▼角英潔氏は武道に熱心である一方書道もたしなまれた。職業としては銀行員として誠実に勤務され、退職後自宅市野々の里で独居生活をされていたと聞くが、突然の逝去には驚いた。享年67、惜しい人を亡くしてしまった（合掌）。

潔らかな人逝きにけり春嵐

さくら

今、さくらが美しい。▼新宮市内で目につくのは裁判所のさくらとその近くの以前銭湯だったところのさくらだろう。高温の今年はやや花が早く今では盛りを過ぎてしまった。評判なのは城山のさくらである▼一般的に花見の対象とされているのは「染井吉野」で気象庁の開花宣言もこの種のさくらの開花をもって宣言している。江戸時代の末期に江戸巣鴨の染井村から出た品種なのでその名がついたと聞くが、生長が早く花が美しいので全国に普及したとのことだ▼先月末、色川を訪れたが小、中学校のさくら、小阪の県道沿いのさくらが美しかった。古座川のさくら、北山のダム湖畔のさくらも美しいとのことだ▼個人的な話で恐縮だが私には忘れられないさくらの風景がある。それは早逝した母とその兄と私の三人で見た熊本城のさくらである。その時母は43歳、その兄は母より17上で私は7歳であった。熊本は母の郷里、健康な状態で里帰りしたのはそれが最後でやがて母は病に伏す▼テレビではさくら前線北上の様子が日々伝えられ各地の花の映像が映される。そんな中、私には熊本城のかの道を花吹雪を浴びながら三人で歩いたあの時の姿が幸福の原画を見るように心に浮かぶ。

遠い日のこと思わせる桜かな

平和の光

4月10日は天皇、皇后ご成婚50周年とあって、各メディアは大きくとり上げていた▼私はNHKテレビの「象徴天皇・素顔の記録」を拝見したが、両陛下共にさきの戦争のことが大きな陰となって、心を痛めておられることがよくわかった▼天皇陛下は昭和8年の生まれで、皇后陛下は同9年の生まれである。天皇陛下は番組の中で「わが国の長い歴史の中で天皇が直接政治にたずさわったのはわずかな期間でした」とおっしゃり、遠く奈良時代は例外として、明治から大正を経て昭和20年8月の終戦までの皇室のおかれた地位は、本来の姿ではないという立場を明確に示された発言として私は理解した▼番組の中で両陛下は折に触れて広島、沖縄、さらに南方のかつての激戦地を訪れ、戦争犠牲者の慰霊につとめられていた▼私は昭和10年3月生まれで両陛下と同じ世代である。戦後、天皇の戦争責任が大きな論議をよんだ時代があった。両陛下は聡明にして博学、日本の歴史も世界の歴史も理解してのご発言である。今は亡き昭和天皇の在りし日の苦悩をも思いおこしての発言ともお聞きした。象徴天皇として次の代、更にその次の代まで視野に入れてのご発言でもある。両陛下の健やかな日々を心よりお祈りする。

桑芽吹く皇居に平和の光満つ

良心の行方

先日、人前で話をする機会を得た▼私は文章は書くが話すのは苦手だと断ったが、ぜひとのことであったので承諾した。内容は自由だとのことだが、そうなると逆に難しい▼考え迷ったあげく、私にとって最大のお宝映像（ビデオ）をお見せすることで責を果たした。話を聞いていただく人々は60歳を過ぎた知識も経験も積んだ人たちである▼その1は「泣くな、笑うな、しゃべるな」と題する俳優、笠智衆の家族を映すテレビ番組の録画である。私はあることで笠智衆さんに懇意にしていただき、何度か鎌倉の小津安二郎監督の墓参りにお供した。一部分であったが笠さんの家族の幸せな様子をお見せし、晩年の老俳優の心の内もお話しした▼その2は「空の神兵」と題する戦時中のドキュメント映画である。この映画には俳優は一人も出ておらず、浦神出身の元陸軍落下傘部隊でレイテ戦に参加し、奇跡の生還をされた和泉嘉平さんが映る。これも時間の関係でその一部分しかお見せできなかったが、和泉さんの遺品の中にあった元戦友の記した実戦の生々しい様子を読み上げた。その悲惨さに私は何度か声が詰まったが、戦争で最もひどい目にあったのは最前線の兵士たちである。純粋で良心的な者ほど苦しい思いをした▼笠さんも和泉さんも他界されて久しい。だがそうした故人たちの心や体験を折に触れて人々に伝えることは必要だと思う。

葉ざくらやレイテに散りし人偲ぶ

裁判員制度

5月21日、日本の司法制度に新たな一ページが開かれた。それは裁判員制度の実施である▼裁判はお上(かみ)がするもの、お上のすることに間違いはない。批判するとにらまれる。そんな思想が残っており、明治以来の日本の裁判史には多くの冤罪(えんざい)事件が残された。それは戦後にも尾をひき最近でも問題がおこっている▼そうした日本の刑事裁判に健全な国民の感覚を反映させようとするのが今回の裁判員制度の導入である。有罪率99%を超える日本の刑事裁判はそれだけ警察、検察側の捜査力が優秀であるとも言えようが、極度に専門化し膨大な資料に埋もれての裁判官の審理力の低下、もしくは弁護側の力不足が指摘されても致し方ない▼「これまでの刑事裁判に問題はない」とする立場をとる法務省や最高裁も最終的にはこの制度の導入に賛成した▼筆者は遠い昔、法律学を学んだが昭和20年代においても「刑法を実現する刑事裁判にあっては新鮮な国民感情が反映する必要がある」として陪審制度の必要性を説く学者もおられた。(団藤重光)▼どのような制度も当初はとまどいや多少の混乱もあろう。しかし、この制度の導入には裁判の迅速化と人権の擁護が大きな目的である。裁判員となられた方のご健闘を期待する。

法律書身を熱くして読みしかな

2009年５月31日

燕の巣

これはたとえ話である。ある仲のいい夫婦が出産をひかえ家をさがしていた。ほうぼうさがしたが適当な物件がなく、近くにある知り合いの人の空き家に無断で引越してきた。そこへ家の持ち主が現れ、私らは早朝から夕暮れまで土運びなどして働いて築いた家だ。こっちも出産と子育てのために得た家なので即刻出て行ってほしいと懇願したが相手は応じない。あきれるほどひどい話だがこれはたとえ話だ▼実際はわが家の近くにある土建業者の天井の高い車庫でのことで、そこにあるツバメの巣を横取りしたスズメの話である。その車庫には5つのツバメの巣があるが、一番子が巣立った後、すかさずスズメの一家がその一つの空き巣をねらいワラや枯れ草を無雑作に運び込んで自分たちの巣にしてしまった。ツバメらは集まり大騒ぎしているがどうすることもできない▼人間社会なら許されないことだが野生の世界ではまかり通る。とは言え、創業百年を超す老舗(しにせ)が経営不振で簡単に人手に渡った話など聞くと今回の話と重なって心が痛む▼政界の世襲制の問題も弊害があるからといって一律禁止すれば、長年苦労して守ってきた票田を人気だけを武器に出てきたつまらぬ候補者にあっさり持って行かれる可能性もありにわかに賛成はできない。それにしてもかのツバメたちは気の毒だ。

いのち重ね土を重ねし燕の巣

小過を責めず

中国明時代の処生訓を書いた本「菜根譚」にこんな言葉があった▼「人の小過を責めず、人の陰私を発かず、人の旧悪を念わず」というのだ。平たく言うと「人の小さな過ちをいちいちとがめるものではない。人の秘密をあばくようなことはすべきでない。人のつらい古傷については忘れてあげよう」と言うのだ▼なんともやさしい気づかいである。こういう心の人ばかりだといいのだが、世間はそうはいかない。新聞の週刊誌の広告を見ているとまるで反対で、人の小過を責めまくり、秘密はあばき、古傷に至っては本人ですら忘れているようなことまで書いている▼急に話を変えて恐縮だが、6月19日は小説家太宰治の忌日であった。今年は生誕百年ということで各メディアの扱いも大きく、改めて本を買う人も多かったそうだ▼青森県津軽の大地主の家に生まれた太宰は、そうした家に生まれたことにすら罪を感じて苦悩する。何度か自殺未遂を繰り返し、更に罪の意識で自分を責める。作品「人間失格」ではそうした苦悩の人生をあらわに描く▼自分の小過を責め、陰私をあばき、旧悪を思って苦しみ、その果てに自らその命を絶った。39歳であった▼桜桃（さくらんぼ）の季節、太宰を想う。

美しき故の哀しさ桜桃忌

「真夏のオリオン」余話

現在ジストシネマ南紀（新宮市佐野）で上映中の映画「真夏のオリオン」は第二次世界大戦末期の日本海軍潜水艦の闘いぶりを描いた作品である▼今や日を追って戦争の実戦体験者が減っていく中、この映画の制作に当たって、当時実際に潜水艦の艦長をしておられた海軍兵学校67期の今井梅一氏（90）の指導があったことは興味深い▼今井氏は当時若干26歳で呂号潜水艦の艦長を務められ、映画制作では艦長の心得や言葉づかいその他を指導されたとのことだが、氏のインタビュー記事の中で「私の経験の中で最も大切だと学んだことは『人と人とのつながり』だと思います」と言っておられた▼陸上とは違い、せまい艦内での活動である。潜航し戦闘体制に入った時、全員が心を一つにしなければ戦えない。氏の言う「人と人とのつながり」とは艦長と部下との信頼関係を意味する▼日本海軍は開戦時64隻の潜水艦を保有し、戦時中１１８隻竣工するもその大半を失い、終戦時55隻が残ったという。この55隻も戦後連合軍の指令で対馬沖で海没処分された▼思えば敗戦という事態が何もかもいっしょくたに海底に沈めてしまったかに思える中、今回の映画はイ・77潜水艦倉本艦長の言動を通して彼らの高い誇りとシーマンシップをこの平成の世に訴えた意義は大きい。

大いなる白鳥一羽夏の海

樫山分校で

本紙６月21日と28日付「平家落人あれこれ」の坂本顕一郎氏の記事に興味を持った▼この２回は「樫山」について書かれていた。現在の古座川町樫山地区のことだが、私は同地の分校（古座中学校樫山分校）に昭和30年代の初めに勤務した▼そのころ、高池から池野山、楠を経て樫山へ行く道と、太田小匠から林道又はつり橋を渡り山道を辿る道とがあったが、どの道も水害の被害もあり車は入れなかった▼同地区は当時としても珍しい無電灯地区で当然ラジオは聞けず新聞も一日おきに「郵便さん」が配達していた▼人家はほぼ坂本氏の配置図（21日付）の通りで中学校の生徒数は最初の年は14人だった。生徒は樫山だけではなく周辺の開墾地や炭焼き小屋、その他から通う子もおり、みんな仲よく、健康であった▼そのころ生徒数が増えたため樫山神社より高い位置に新校舎（二教室）が建てられ小学校と一教室ずつ使っていた。始業の合図は拍子木だった。教員は小学校２人、中学校は私１人であった▼東京生まれの私にはすべてが珍しく、大きな椿の木の下から川の水をくみ、夜はランプの下で本を読む暮らしは幸せだった▼平家落人の里とは知らず、地区の人々の親切にあまえての暮らし２年７カ月であった。

水澄みて椿と吾を映しけり

2009年8月9日

色川だより

8月に入り多少夏らしい日差しが帰って来た。そんなある日、「色川だより」第25号がとどく▼「色川だより」とは那智勝浦町色川地区の公民館活動として年1回発行している80ページほどの冊子である。今回は「熊瀬川地区」の特集であった▼巻頭熊瀬川の沿革を綴（つづ）る同地区在住の新舎字之助さんの文章があり、遠く1180年からの記述は熊瀬川に限らず色川地区の歴史の古さがしのばれる▼本紙2月18日付「わがの遠ぼえ」（和賀正樹）に「かつて3000人が住んでいたが今は456人。3分の1が外来者」と色川地区の様子を紹介していたが、同地区にとって外来者（Iターン者）の存在は大きい▼取材で山間部に入るたびに集落全体が過疎を通り越し無人化している様子を見るにつけ、現在の色川地区の村づくりの実態は繰り返し紹介するに値する▼この「色川だより」が村づくりの活性化に少しでもお役にたち、また更に皆様の心の糧としてご愛読頂ければ」とは同誌編集後記の結びだが、各分館長はじめ編集にたずさわった多くの皆さんの熱意と努力に改めて敬意を表したい▼最後になったが、熊瀬川の新舎昭さんの広島での原爆被爆体験記は貴重な一文として読ませて頂いた。

※色川盆おどり大会は14日（金）雨天順延。円満地公園にて、午後6時より。

盆踊り新しき顔古き顔

墓地で思う

お盆に墓参りに行った▼わが家の墓は浦神の国道側から見て湾の向こう側（東地区）、寒風(さぶかじ)の谷にある。そこには細い川が流れており、墓地の一番奥へ行くと小さな滝があり、年中音をたてている▼花立ての水をかえようと水道の蛇口をひねったが水はなま温い。せっかくなら、と水桶を持って滝の水を汲みに行く。手に触れるとかなり冷たい。そこは水だけでなく山の空気が冷えている▼炎天をさけ滝を前にしばらく涼をとる。中国の古詩に「去る者は日に以(もっ)て疎(うと)く、生まるる者は日に以て親(した)し」の語があったが、確かにこの世を去って久しい父母や多くの人々のことを思うことが少なくなった▼墓地で考えることでもないが、衆院選が真近かだ。各メディアは世論調査で得た数字を根拠に予想が盛んで、政権交代が現実味を帯びてきた▼4年前の選挙で郵政民営化を訴えて圧倒的多数の議席を得た政党が、公約を実行し郵政を民営化したにもかかわらず、世論は別の政党を支持するという。投開票は8月30日、多くの名のある政治家が政界を去ることもあり得よう▼生まるる者も育つだろうが、経験豊かな実力ある政治家は得がたい。この寒風の墓地には紀勢線の生みの親と言われた代議士山口熊野も眠っておられる。

去りし人滝に憩いて偲(しの)びけり

哲学なし

「日本に哲学なし」として明治期に政治の貧困を嘆いたのは中江兆民である▼「哲学なき人民は何事をなしても深い意味がなく、浅薄(せんぱく)さを免(まぬが)れない…自分自身で造った哲学がなく、政治には主義がなく、政党の争いもその場だけで継続性がない」とその著「一年有半」（口語訳）に▼その原因は政治や人生に確固たる指針となる哲学がないからだと説く▼「こざかしくて目先の知恵はあるが、偉大なことを打ち建てるには不適当な理由である。きわめて常識に富んだ人民ではあるが、常識をこえて何かをなすことはとうてい望むことができない」とも書いている▼中江兆民（１８４７〜１９０１）没後１００年を経てどうだろうか。日本の歩んで来た道は立派だと言えるだろうか。国家の発展を優先する政治は財閥こそ繁栄したが多くの国民は戦争の犠牲者となった▼戦後はアメリカ型の政治、文化が流入し商業主義の時代が来て物質的には豊かになったが、生きる指針（哲学）を持たぬ人々は金をつかって右往左往。生活が苦しいのも風邪がはやるのも政府の責任だと言わんばかり▼いよいよ衆院選の投票日。今なお「哲学なき民」であったとしても自己の信念の一票を投じたいものだ。

投票日空蝉(うつせみ)多き庭を掃く

トルコ軍艦殉難者追悼会

９月15日夕刻４時、串本の無量寺の境内に八田尚彦住職の読経の声が流れる▼今を去ること１１９年の昔（明治23・１８９０年）大島の樫野沖にトルコ軍艦「エル・トゥールル号」が遭難、多くの人命が失われた。その霊を慰めようと集う人多数。無量寺の本堂は厳粛な雰囲気につつまれる▼そんな昔にトルコの軍艦が何のために日本へ来たのか。それを知る人が意外と少ない。当時の外交では「皇室外交」は重要であった。日本側から明治天皇の使者として明治19（１８８６）年に小松宮彰仁親王が先にトルコを訪れている。その返礼としてトルコ皇帝の親書を携えての公式訪問であったのだ▼エル・トゥールル号は全長76・2㍍の木造帆船。公式行事を終えて神奈川県長浦（横須賀市）を出港帰途につく。そして９月16日夕刻、樫野埼「船甲羅（岩礁の名）」に座礁沈没したのだ。乗員６５０名、多くの犠牲者を出した海難事故だが、そのうち69名が救助された。暮れゆく荒波に投げ出された異国の将兵たちを懸命に救ったのが、樫野をはじめ大島の人たちだった。救助と看病、それに続いておびただしい漂着遺体の収容、そして慰霊▼トルコの教科書には今なおこのことが記され、国籍を越えた日本人の人道的な行為をたたえ感謝を込めて紹介しているという。来年は１２０年目にあたり同町ではその準備が始まっているという。

樫野埼訪う人多き九月かな

校歌の取材

一昨年、つまり平成19年9月の緑丘中学校を皮切りに新宮市、東牟婁郡内の全部の中学高校の取材及び本紙掲載を終えたのが本年の2月であった▼校歌は学校と共にあり、学校は生徒らと共にある。生徒らは成長し、大人となりその子どもたちが、孫たちが学校へ通い校歌を歌う▼校歌の取材は各学校の校長先生方のご協力をいただいて可能になる。書けば数行の文章であっても沿革史に目を通し記念誌や学校新聞、文集、アルバムなどに触れていくとたいへんな労力と時間を要する▼そうしたご協力のお陰で私の意図する目的を果たし得たと思い感謝し安堵（あんど）したのだった▼その安堵も束の間、「小学校もやってくれないか」との読者の声。動き始めて驚いた。小学校に「小」の字が付くのは学校名だけでその多くが明治8年や9年の創立で100年を超える歴史を持ち「沿革史」も分厚い▼現在宇久井小学校（羽山美苗作詞）と浦神小学校（佐藤春夫作詞）の2校を本紙上に紹介し下里小学校（佐藤春夫作詞）と勝浦小学校（若林芳樹作詞）、市野々小学校（片山忠男作詞）の取材を終え近々本紙に掲載する予定である。順次他の学校にも取材にお邪魔しますがご協力お願いします。

秋空に溶けゆく校歌門を辞す

地震が発生したら

新しく配られて来た電話帳を見ていたら「災害に備えて」として「地震」の項に▼3秒・地震だ！「落ちつけ」「身をかくせ」▼3分・揺れがおさまった。「津波から避難」「車で逃げるな」「火元の確認」「家族は大丈夫か」「ラジオをつける」「くつをはく」▼3時間・みんな無事か。「余震に注意」「隣近所で助けあおう」「ブロック塀やガレキに近づくな」「漏電、ガス漏れに注意」▼3日・無理はしない。「水、食料は備蓄でまかなえ」「災害情報を入手」「行き先メモを玄関に」「壊れかけた家に入るな」「ゆずりあいの心を持とう」と書いてあった▼これが市役所や役場の広報に出ていたのなら当然と思うが、電話帳に出ていたのでうれしくなった▼他にも衣類や靴の手入れ法、押入れなどの敷居戸のすべりの悪い時の対処法、髪を痛めない乾かし方まで書いてあった▼さらに面白く、役に立つものとして食品の保存法があり、レタスを冷蔵庫に保存する場合、レタスの芯の底の部分に小麦粉をまぶし、その上からペーパーナプキンなどで包んでおくようにすると1週間は長く鮮度が保てるとあった。キャベツも芯をくり抜いて、そこに水を含ませた脱脂綿を詰めるといいともあった▼面白いので次々読んでいたら肝心の電話を掛けることを忘れてしまった。

秋の灯(ひ)や一戸一人の家多し

はきものをそろえる

市野々小学校の児童用の靴箱の横にこんな張り紙があった▼「はきものをそろえると心もそろう／心がそろうとはきものもそろう／ぬぐときにそろえておくと／はくときにみだれない／だれかがみだしておいたら／だまってそろえておいてあげよう／そうすればきっと／世界中の人の心もそろうだろう」▼同校へ校歌の取材に行った時に目についたのだが、簡単明瞭（めいりょう）で実にいい。私は元教員だが、現職当時出入りの行商人と雑談していて同様の趣旨の話を聞いた。「履き物をきちんとしている人は信用できる」と言い、「たとえ古い靴でも清潔にしてきちんと履いている人は金銭面でも信用していい」と商人らしい話をしていた▼人は概して顔や頭、体の上の方に注目しがちだが、そのすべてを支えているのが足であり、その足を守り支えているのが履き物なのだから、足もとにもっと気を使うべきなのかも知れない▼話は元にもどるが、市野々小学校の張り紙の「だれかがみだしておいたら／だまってそろえてあげよう」とは意味が深い。「だまって」というところがいい▼ゲーテの言葉に「芸術家よ、語るな！」というのがあるが、芸術家に限らず実のある人生を送っている人には不言実行型の人が多い。とりあえず黙って履き物をそろえよう。

秋句会人さまざまに靴を脱ぎ

記憶

年の瀬ともなるといろいろなことを考える▼作家の新田次郎は自分の人生で一番古い記憶の日を科学的に割り出していた▼新田次郎は小説家であるが中央気象台や富士山測候所の勤務歴を持つ気象の専門家でもあった。氏は幼少時のある日、父に叱(しか)られて大雪の庭に放り出された記憶が自分の人生で一番古い記憶だとして、その日を気象データから割り出していた。氏は長野県諏訪の出身で、ある年の大雪がその日だと断定した。残念だが細かい数字は今の私の記憶にない▼私の場合、4歳2カ月と18日目の記憶が最も古い。それは私の弟が生まれた日であり、また彼がこの世を去る1日前である。最速で去った弟の顔を見た記憶が私の脳裏にはっきり残る▼今年も12月8日が巡って来た。子どもにも大人たちにとっても生涯忘れることのできないのはあの戦争の記憶であろう。米英らとの戦いは昭和20年8月15日に日本の敗戦で終わった。その日は国家や大人たちの権威がまっさかさまに地に落ちた日として私の記憶に残る。私は10歳、国民学校5年生であった▼折しも一昨日アフガニスタンへ米兵の増派が発表された。そこで何が起こっているのか。恐ろしいのは情報操作である。

戦(いくさ)映さぬテレビ見ている十二月

太地をゆく

校歌の取材で太地小学校へ行った▼折から昼休み、校内のスピーカーから音楽が流れていた。坂本校長は校歌の説明が終わった後、「本校の特徴は地域との結びつきが強いことです」と言っておられた▼取材を終えた後、学校近くを歩く。道で何人かの人に会ったがどの人も私と目を合わせそっと目礼してくれた。そういえば校内で会った子どもたち全員が「こんにちは」とはっきりあいさつしていた▼その後、公民館で北教育長さんにお会いした。突然の訪問であったが私の来意を知り部屋に通していただく。幾つかの話の中で「学校は単に子どもたちの教育の場としてではなく、地域の文化の拠点としてたいへん大切なのです」と力説しておられた▼公民館を出て鯨浜公園近くの海辺の喫茶店で昼食をとる。窓に勝浦から来る巡航船が見える。この風景は懐かしい▼もう10年も前のことだが、私が非常勤講師で新宮高校に勤めていたとき、太地出身の女子の生徒で法学部へ進学した子がいた。私自身が法学部で、女生徒の姓が私の母の旧姓と同じだったので印象に残った▼その喫茶店で地元のちょっとおしゃれな高齢の方と話をした。何とその人が女生徒の祖父のSさんだった。

人の眼の暖かき中太地ゆく

年忘れ

年末には年忘れと称してお笑い番組が多い▼昔の落語でご隠居が説く花鳥諷詠の世界を聞いた与太郎が「くちなしや」と切り出す。感心したご隠居に対し下の句を「ハナから下はすぐにアゴ」と転(こ)ける。「あの山は風邪をひいたかハナだらけ」とは。狂句には江戸庶民の遊びごころが出ていて楽しい▼忘年会の車座で意気投合、時には盛大に盛り上がる。ふとしたきっかけで話は急転直下、あらぬ方向へ▼外国人の人名で人前では言えないようなのがあるとAが切り出す。フィンランド人に名前の後に、ネンが付く人が多く「アホネン」は有名だが「ボッキネン」という人がいたという。それに対しBはイタリアかどこかになんとか「ウンチーニ」という何かの選手がいたと言えば、さらに「黄色いジャージを着ていたりして」とCがまぜ返す▼悪のりは増幅し「キンタマーニ火山」が東南アジアの島にあると新たな展開へ。「そんなもんあるはずがない」と俗評。一番若年のDがケイタイか何かで調べて「あるあるある」と真面目に大興奮。「バリ島にあります。キンタマーニ高原、キンタマーニ火山ハハハハハハ」とうれしそう。人の世は江戸も明治も平成も変わらない。たわいない笑いに罪はない。よいお年を。

歌もよし笑いも楽し年忘れ

2010年1月10日

咲くや椿

寒い。こう寒いと昔寒かったことの数々が思い出される▼学生のころ、東京世田谷の牛乳店に住み込んで牛乳配達をしたことがある。真冬の風の中や粉雪舞う中を早朝5時に起きて自転車で各家庭に1本、2本と牛乳の入ったビンを配達した▼自転車は旧式の荷物運搬用のもので、荷台に牛乳瓶がつまった配達用の箱を二段重ねで縛り付けて出て行く。顔も体も寒いがやがて温（ぬく）もる。しかし、手先だけは軍手を二枚重ねしていても濡れてくるから冷たい。悴（かじか）んでビンが握れないほどだった▼その後、地元に帰って教員になった私が最初に赴任した学校は古座中学校樫山分校である。実家が浦神であったので下里からバスで太田小匠へ行き、そこから山道を歩いた。普段は樫山の教員住宅での起居であったが休日明けの朝の道、真冬の雨の日や雪の中の歩行は厳しかった。上半身や手は寒さから守れたが、足先は靴を通してしみてきた湿気で冷たく感覚を失うほどだった。昭和30年代の初め、当時樫山には電灯がなく道路も水害で不通状態であった▼最近、世田谷下北沢を訪ねたが牛乳店も風格あるお屋敷もなくコンクリートのマンションが建ち並んでいた。一方樫山も平家落人以来の歴史を閉じ今では住む人が0人と聞く。日本の将来を思うとこっちの方がもっと寒い。

咲くや椿かの樫山に人絶えて

詩人の目

詩人たちは常識にとらわれない独自な目でものを見る▼中国中唐の詩人韓愈（かんゆ）は南へ旅して珍しい食材に接し、その時の新鮮な驚きを友人に詩にして贈っている▼鱟実（こうじつ）（カブトガニ）を恵文冠（けいぶんかん）（位の高い人の冠）のようだといい、目は背中にあって、雌が雄をおぶって前進すると驚きの表現▼牡蠣（かき）はびっしりくっつき合って山のように重なっているが、その一つ一つは独自にしっかり生きていると感心▼蒲魚（ほぎょ）という魚は尾は蛇のようで、口と眼が腹と背中に別れてついていて、われ関せずで干渉し合っていないといい、蛤（こう）と呼ばれる生き物は蝦蟆（がま）（ガマガエル）のことだが「実を同じくするも、みだりに名を異にす」と批判する▼章魚（たこ）やタイラ貝は競い合ってその怪（奇妙な姿）をさらして生きていると見た▼一方、フランスの詩人ルナールはゴキブリを「黒くてぴったりはりついている。まるで鍵穴みたい」といい、ホタルを「草に宿った月の光のひとしずく！」と美しい。そしてアリは「どれもこれも3という数字に似ている。そして、いること！いること！3333333333…四、無限な数まで」と書いた▼画一化が進む時代、柔軟な発想が新しい展開につながることも。詩人の目は貴重だ。

大カジキ箱の長さに切られおり

旧友二人

昨日、偶然新宮高校時代の友人に会う▼自動車運転免許証の更新の際に行われている高齢者のための講習会というのがあり、そこでのことである▼「久し振り…」のあいさつに始まり、互いの近況を話すうちに友人Y君のことが話題になり、「君、電話番号知らないか」と聞かれる▼講習会の終わるのを待ち私はYに携帯電話をつなぐ。私とYは二年に一度は会っており、電話ではしばしば話している▼私を前にして山梨県に住むYと、自動車学校の軒下で雨をさけて立つ友人との間で長い会話が交わされた▼「ありがとう。五十数年ぶりです。Yの声は昔のままだった」とは目前の友。遠方の友も「ありがとう。前から話したいと思っていた。ありがとう」と何度も繰り返す▼昭和9年、10年生まれの私の同級生は戦争が始まる昭和16年の春に国民学校の最初の入学生になり、5年生の夏には敗戦。昭和22年の学制改革の年に卒業している。そして兄たちが行った憧れの旧制中学校には行けず、地元の急ごしらえの「新制中学校」に入れられて戦後の教育を受ける▼昨日まで信じていた教育が一夜にして退けられた敗戦時を生きた者は、真面目な者ほど心に負った傷は深く、それだけに友情は厚い。

好文の花咲き初めて友親し

アワビの効能

鳥羽水族館長の中村幸昭氏の書いた本にこんなことが書いてあった▼「アワビは夜行性の動物で、昼間、岩の中に隠れており、夜、散歩をして海草をとって食べる。アラメやホンダワラなどいろいろなものを食べる。海草の中にはビタミン類が圧倒的に多くミネラルやヨードも多く含んでいる。だから老眼、近眼、とりめ、トラコーマなどすべての眼病を防止し、目によく、消化もよい。」▼私的なことで恐縮だが、私は16歳から数年間を海辺の浦神に住んだ。そのころでも買えば高価なものだったと思うが、キズものということで近所の人にいただき、酢につけるだけの調理でナマのアワビをかなりぜいたくに食べた。そのせいか目だけは自信があった▼館長は続ける「海草をとって食べるアワビは病気で手術後の筋肉を早く回復させる。病気見舞いには果物もよいがアワビをナマで持って行くにこしたことはない。産後の養生にもぴったりだ」▼中村館長は山野草の薬効についても書いていたが、水族館長だけに海産物のアワビの効能には文章に熱気を帯びる▼話は続く「だからアワビや海草をナマで食べている伊勢志摩の海女には眼鏡をかけている者は一人もいない。磯眼鏡は別として普通の眼鏡は絶対にかけていない。本場の海女にそんな人がいたらそれが本当のモグリだ」とあった。

息継ぎて天にもの言う鮑採り

朝霞

3月10日は名優渥美清の誕生日である▼「私、生まれも育ちも葛飾柴又です。帝釈天でうぶ湯をつかい、姓は車、名は寅次郎、人呼んでフーテンの寅と発します」とは映画「男はつらいよ」の主題歌冒頭のせりふである▼威勢のいいせりふの割に、気がやさしく単純な寅さんは香具師(やし)を生業とし旅から旅の生活をしているがいつも故郷を忘れない▼女性に弱く、惚れっぽくて旅先で簡単に恋に落ちるが実ることなく失恋を繰り返す。見栄っぱりだが金がなく、妹のさくらからこっそり小遣いをもらったりする▼寅さんが国民的な人気を集めた理由は、多くの人々のこころの中に寅さんが住んでいるからだと言った評論家がいた▼その昔、東大の総長に大河内一男さんという先生がいて、卒業生に「太った豚になるより、やせたソクラテスになれ」と言ったそうだが、寅さんが映画の中で語る言葉にはそれなりの深い人生哲学があった。言うなれば寅さんは太ったソクラテスであったといえよう▼3月は卒業期、通い慣れた学舎を後にして社会に旅立つ若者たちに今日の社会は住みやすいとは思えない。利益優先、富と権勢を求めて弱者を軽視する太った豚にはなってほしくない。故郷を思い、家族を愛する寅さんのハートこそ大切だ。余談だが私の誕生日も3月10日である。

朝霞夢こそ生きる力なり

ザ・コーヴ

太地町のイルカ漁を取り上げたアメリカ映画「ザ・コーヴ」がアカデミー賞長編ドキュメンタリー賞を受賞したという▼私は新宮市の合気道の「熊野塾道場」（外国人門下生多数）に入門した30年以上も前に、米国人女性からこの問題で猛抗議を受けたことがあった。彼女らが言うには、アメリカではイルカは子どもたちにとって海に住む友だちだとして絵本やお話に出てきて親しんでおり、日本の現状はとても理解できないという▼別のアメリカ人男性はベジタリアン（菜食主義者）で、ある日道場の二階で数人でリンゴを食べている時、彼だけは手を出さない。なぜかと聞いたら、あのリンゴをむく時、あのナイフを使った。さっき、あのナイフで彼女はハムを切っていたと言った▼外国人の主義主張や好みを否定するつもりはないが、彼らを説得し解らせ妥協点を見出すことは極めて困難だ▼「作品には事実誤認がある」「処理場を盗撮された」などの制作者側のアンフェアな姿勢を批判する声もあり、そうした中でのこの受賞は地元にとって面白くない▼仁坂和歌山県知事は「長い間太地で行われてきた生活を守る営みを一方的な価値観や間違った情報で批判するのは紳士の道に反する」と述べているが、その通りだと思う。

海に生きイルカと生きて誇りあり

初恋

桜の季節、ふと熊本で過ごした少年時代を思う▼戦後、小学校をまだ国民学校と呼んでいたころだ。外地からの引き揚げ者が多く、次々と転入生が入って来ていた時代だ。僕らは五年生だった▼ある朝、登校すると五年男子組のほとんど全員が二階の窓から身を乗り出して女子組の教室の方を見ている。その教室前の校庭で数人の少女たちが縄跳びをしていた▼男子組の誰もが、その中の「一人」赤いセーターの転入生の少女を見ていた。恥ずかしながら僕もその中の一人となってしまった▼やがて六年生。そして僕らは次の年に学制改革による新制中学校の最初の入学生となった。そこで初めて男女共学になったが、男子と女子が気軽に話をすることはまったくなかった▼中学二年になるとその少女はよその県へ転校して行った。心の灯が消えたような気持ちになったのは僕だけではなかったと思う▼中学三年になった春、少女は転校先から帰って来て僕らは同じクラスになった。それでも他の少女たちとは話せても彼女とは普通に話せなかった▼卒業期になり、高校入試の発表を見に行った帰り道、どういうことだったか忘れたが、僕らは二人で長い野道を並んで帰った▼高二の春、僕は新宮高校へ転校した。桜が咲き花吹雪が舞うと、なぜかそのころのことを思い出す▼五月に同級会がある。

初恋の日は幻（まぼろし）か花吹雪

幸せとは

「幸せって何だっけ何だっけ…」と歌うコマーシャルがあるが、幸せとは何かを考える▼ＰＨＰという冊子がある。一冊２００円で書店に並ぶ小冊子でその５月号は「心穏やかに生きる」がテーマで特集されている▼特集の最後の執筆者は野口健という人で１９７３年生まれのアルピニストで「７大陸最高峰世界最年少登頂記録」を25歳で樹立した人だという▼登山に縁遠い私は最初軽い気持ちで読んでいたのだが、やがて姿勢を正さずにはいられなかった▼氏は２００５年、ヒマラヤ山系８０００㍍級の山に挑戦中天候が急変し遺書を書き始め、この時思ったのは「戦争で亡くなった方々のこと」とあった。「ぼくは自分の意志で山に来たけれど、多くの先人は赤紙（あかがみ）一枚で戦地に派兵された」とあり、「自ら遺書を書きつつ、脳裏をよぎったのは先人たちの思いでした」と記す▼氏は現在、登山家としての経験と行動力を生かし戦没者の遺骨の調査と収集をライフワークとしてフィリピンのジャングルなどへ通い続けているという▼「ヒマラヤで死を覚悟したことがその後の人生を大きく変えた」とは氏の言葉だが、この文章を読み私は人間の幸せの本質が見えてきた。

薇（ぜんまい）も土筆（つくし）も生きて輝ける

棚田

棚田といえば、その最たるもので有名なのが三重県の旧紀和町（現在は熊野市）の丸山千枚田であろう▼丸山千枚田が造成されたのはいつごろか知らないが、慶長６（１６０１）年に7町歩（約7万平方㍍）の水田があったとの記録が残るというから古い▼海岸近くまで急峻（きゅうしゅん）な山が迫る熊野の各地は耕地面積が少なく、山間部に入るとどこと特別名ざすまでもなく、いたる所に棚田を見る▼先日、色川（那智勝浦町）地区大野に住む旧友を見舞ったが、この季節、友人宅の田を耕していたのは娘さんとその夫が宇久井から来てのことであった▼「農業の仕事は畦塗りや田植えなど、一区切りやると達成感があります」とはその人たちの話だが、大型機械の導入で一気にやってのける規模の大きい農業とは異なり棚田作りは手間も時間も桁外れにかかる▼丸山千枚田は伝統的な稲作文化の継承地として、季節ごとの景観の美しさもあって観光的価値もあり脚光を浴びているが、それ以外の山間部の棚田はかなり厳しい状況にある▼水利を整え、石積みを施し、一鍬ずつ土を耕した先人たちの営みを思う時、去来する思いは複雑である▼基地問題もいいが、もっと切羽詰まった問題が国内に山積しているように思う。

水張りて田植待つ間の千枚田

詩心

先日テレビの国会中継を見ていたら野党議員の一人が鳩山総理に対しこんなことを言った▼総理には失礼だが、今巷（ちまた）では亀は万年、鶴は千年、総理はテンネンと言っているそうです▼昔、政治家は詩人でなければならないと言った人がいたが、政治家たるべきもの、ものごとに夢をいだく人であるべきだという意味と同時に、心に豊かな詩情をたたえた人であるべきだとの意味だろう▼20世紀ヴェトナム独立運動の指導者ホー・チミン（故志明）は1942年に中国国民党政府と接触し共に戦う姿勢を示したが、志とは逆に逮捕、投獄される悲運に会う▼獄中、込み上げる無念さと悪環境に耐えながらも詩心を失っていない▼身体在獄中（身体は獄中にあるも）精神在獄外（精神は獄外にあり）欲成大事業（大事業を成さんとすれば）精神更要大（精神は更に大ならんことを要す）とその意欲を謳（うた）う▼さらに別の詩では「木虱（ぼくしつ）は縦横にして担克（たんく）（戦車）のごとく、蚊虫（ぶんちゅう）（蚊）は聚散して飛機に似たり」と獄中ダニや蚊に悩まされるさまを、ダニを戦車に蚊を飛行機にたとえるユーモアを持ち合わせている。（獄中日記）▼冒頭の野党議員の発言内容には詩心のかけらもない。テレビ受けをねらっての発言だろうが、バカもいいかげんにした方がいい。見苦しい。

ダニ担克（たんく）蚊を飛機と詠む故志明（ホーチミン）

同級会

同級会はいいものだ▼「ヌシャふとなったネ」（君は身長が伸びたネ）とは60年振りに会ったＫ君の私への最初の言葉であった。「Ｋ君だろ。ヌシもきれいに年とったネ」とは私の不慣れな熊本弁▼戦争末期から戦後にかけての数年間を私の家族は疎開先の熊本の農村で過ごした。「今、どけ住んどっと」（今、どこに住んでいるのか）「紀伊半島の南の方たい」「そこで何ばしょっと」「昔、教員したばってん、定年後は地元の新聞のコラムば書かせてもろとる」▼言葉は口から出るが、そのために耳が大役を果たしているように思う。相手が方言だと昔の記憶がよみがえり、いつの間にか私にそれなりの熊本弁をしゃべらせる▼幹事のあいさつ、物故者への黙とう、春の叙勲者の紹介などあり乾杯となる。やがて酒もまわり人々の表情は明るくなり気持ちも少年少女時代へともどる▼「ヌシャ長崎に原爆が落ちた時どこにおった」「あの時は家におった。あん時の雲の形は今でもはっきり覚えとる」▼昭和20年8月15日に戦争は終わった。私らは学制改革でさらに義務教育としての中学3年間を共に過ごした。それは教育内容こそ整わなかったが心の通い合う教育だった▼笑いの中にも話は真剣さを増す。初恋の相手とは目が合ったのみ。次回まで共に生きておれるか微妙な年齢にさしかかる。

同級会語らぬ友の手の温(ぬく)み

笑いのツボ

人によって笑いのツボはちがう▼ギリシャ時代の哲学者で散歩の途中、馬がイチジクの実を食べたのを見て笑い出し、その笑いが止まらず死んでしまった人がいたという話を聞いて笑い出し、その笑いがなかなか止まらなかったことがあった▼学生のころ、法律の講義の中で「謝罪」の意味がどうのこうのと夢うつつに聞いていたら年輩の教授が「鹿児島県の大隅(おおすみ)半島のスミの方で生まれた子どもが、東京の墨田区の炭屋に住み込みで就職した」という。思わず目を覚ますと「炭をひっくり返して炭屋のオヤジにしかられて炭小屋のスミで何と謝ったか」というのだ。話の流れにのって前の学生が「スミマセン」といったら教授は「ゴメンナサイと謝った」と言って笑った▼謝罪といえばこのところ鳩山総理が「国民のみなさま」に対して謝罪する場面が多い。政権交代が狙いであったとはいえ選挙の際にかかげた公約がなかなか実現しない。政治主導を唱い文句にしただけに官僚たちの積極的な協力が得られていないからだという説もあるが、今さら後に引き返せない▼「苛政は虎より猛し」とは孔子の言葉だが、ひどい政治は虎の猛威よりこわいという。財政難の中、出す金が多くなれば赤字となる。そうなれば税で補う他はない。笑いのツボをどれだけ広げても笑える話ではない。

無花果(いちじく)は馬を恐れて揺れており

六月

六月になると恥ずかしながら少年のころ覚えた浪曲の一節が頭に浮かぶ▼「妻は夫をいたわりつ、夫は妻に慕いつつ、ころは六月中のころ、夏とはいえど片田舎、木立の森もいと涼し」「木立の森も…」とのばし更に「いと…」とのばし「涼し」で小節が回る▼浪曲は長い間、日本人の娯楽の中心にあり、農作業をしながら鼻唄風に一節うなる人もいたほどだが、昨今では聞く機会も少ない▼冒頭の一節は浪花亭綾太郎の「壷坂霊験記」のさわりの名文句だが、盲目の夫沢市の目を開かせ給えと妻のお里が観音様に願をかける▼およそ科学的な話ではないが、夫を思う妻の気持ちは厚い。いよいよ満願の日になり、夫沢市と妻のお里が手を取り合って壷坂寺へ▼途中、沢市は仮病で腹痛を訴え、道をそれ狼谷へ身を投げる。それは自分を思う妻がいとおしく妻のこれからの幸せを願っての行為だった。それを知ってお里もその場所で後を追う▼ここまでは悲しい話だが、観音様のご利益で二人は無事だった。その上、沢市の目も開くといった物語▼涙あり、そしてハッピーエンドの話だが心に残るのはしみじみとした夫婦の情愛である。離婚ばやりの世の中、ころは六月中のころ、ふと壷坂霊験記を思い出した▼この浪曲のＣＤ、数年前にスーパーの片すみで５００円で売っていた。

六月やふと口ずさむ霊験記

努力の人

旅先で旧知の人と二人相部屋になる▼その人とは表面的な付き合いでは長いが生い立ちなど知る機会もなかった。年齢(とし)のせいか二人とも自分のうちに秘めているものを語りかけたい心境になったものか▼どちらからともなく自分の幼少時や青年期のこと、更に大人になってからの生活信条なども話し合った。その人の話を聞いていてふと昔耳にした文部省唱歌が頭に浮かぶ▼「柴刈り縄綯(な)い草鞋(わらじ)をつくり／親の手を助(す)け弟を世話し／兄弟仲よく孝行つくす／手本は二宮金次郎」▼高校を卒業するや知人の紹介で就職、都会の工場で激しい労働に励み、少ない給料の中から親元に仕送りし、その後弟を呼び寄せ世話をしたという▼「骨身を惜しまず仕事に励み／夜なべ済まして手(て)習(なら)い読書／せわしい中にもたゆまず学ぶ／手本は二宮金次郎」▼昼夜勤交代制の工場の仕事は重労働で今日ほど労働環境はととのっておらず、鉄粉の舞う中での作業だったという。そうした中でも大学に籍をおき学んだという▼「家業大事に費(ついえ)をはぶき／少しの物をも粗末にせずに／遂(つい)には身を立て人にもつくす／手本は二宮金次郎」彼は質素で身の丈(たけ)を過ぎたぜいたくはしない。大学を卒業するや別の職を得て精励努力、やがて高い地位につき退職した現在は人の世話をしている。

巣つばめをやさしく守る苦労人

2010年７月11日

大相撲は

大相撲は一体どうなるのか▼野球賭博問題に端を発し、このところ大相撲界は大揺れである。その内容は連日各メディアが伝えており多くの読者がご存知のとおりだ▼その中で筆者にとってふに落ちないのは名古屋場所のテレビ、ラジオ中継をしないというＮＨＫの決定である▼ＮＨＫ側の説明では「再発防止に向けた相撲協会の取り組みが不十分で、中継すれば受信料を支払う視聴者の理解が得られないと判断した」という▼それはおかしい。受信料は直接的にはテレビ、ラジオの電波を受信するために払っているのだ。どんな理由があっても場所が開かれる限り、中継すべきであり、視聴者には観る権利がある▼中継すれば多額の放送権料がＮＨＫから相撲協会に支払われる。そのことに対する批判があり、ＮＨＫへの抗議の声が高いというが、だからといって全国津々浦々に住む多くの大相撲ファンの楽しみをつぶしていいものではない▼話を変えて恐縮だが、先月末から全国的に実験的にとはいえ、一部高速道路が無料化した。有料道路をタダで走らせたツケを一体誰が払うというのか▼一部であがる称賛の声を全体と錯覚すると将来に禍根を残すことになる。何があろうと大相撲はこれからも「大衆のもの」であり続けてほしい。

勝ち名乗り男なりけり大相撲

老い先

「老い先」とは何とも心細い言葉だが▼その昔、私が碁会所に通っていたころ、九十歳を過ぎて碁の強い人がおられた。「わしは九十を過ぎて死にくさしておるんや」と冗談をとばしながらぱっぱと石を置いていく。つられてこちらも早打ちをする▼論語の中に孔子の弟子に子路（しろ）という人がおり、ある人に「孔子とはいかなる人物か」と問われ答えられなかった場面があり、それを聞いた孔子は自らを「憤りを発して食を忘れ」「楽しみをもって憂いを忘れる」人物だと言い、「老いのまさに至らんとするを知らざるのみ」と言ったという▼つまり「時勢を憂えて憤り食事を忘れ」「楽しみごとに熱中して心配ごとを忘れる」というのだが、最後の「老い先の短いことも忘れている」とは何とも含蓄のある言葉ではないか▼さて、冒頭の九十翁の碁打ちに私は一度も勝てなかった。いつも僅差で負けた▼それから何十年もたち私も高齢者の仲間入りをした。単純に考えても若い人より老い先が長くないのは明らかだ。しかし、あまり真剣にそういうことを考えることはない。さすれば「老い先短い」などと軽々にうそぶきながら碁を打つのも思えば高齢者の処世の術だったのかも知れない。孔子の言葉も裏を返せばそうとも読める▼先日、意識的にその手を使って碁を打ったらいつも負ける相手になんと僅差で私が勝った。

碁敵（ごがたき）は昭和ひとけた夏木立

高校野球

連日の猛暑である。その中で甲子園を目指す各地区での試合が連日続いている▼中央紙のスポーツ欄には、北は北海道から南は九州沖縄まで各地の予選の結果が出ている。その中には見慣れぬ高校のチームが甲子園の常連校を破った記事や、26対０とラグビーの試合並みの大差の勝負の記録もあって勝手な想像をかきたてられて面白い▼試合とは直接関係ないが、７月20日付の朝日新聞に元巨人軍投手桑田真澄氏の「球児たちへ」の見出しのインタビュー記事が出ていた▼桑田氏はかつての甲子園の大スターでプロに入っても１７３勝をあげた大投手だ。その彼が主張する広く「球児たち」への提言である。そこには日本の野球が戦前から陥っているいくつかの過ちを指摘していた▼その中には練習時間が長過ぎると集中力が低下することや、「ミスをした選手を怒鳴りつけたり罰練習をさせたりするのは、野球というスポーツをわかっていない証拠です」として野球はミスがつきもののスポーツだと定義づけていた▼その他過度の精神主義や指導者や先輩への絶対服従などは誤りだとし、選手を罵倒（ばとう）したり体罰を是認するような考え方も強く否定していた▼そして桑田氏は「勝利ばかりを追うことなく成長期の人には心身のバランスが大切です」とあった。

熱源は白球一つ甲子園

海熊野

夏本番、熊野の魅力はやっぱり海だと思う▼かって、俳人山口誓子(せいし)は熊野の海の魅力をこう書いている。「新宮へ行く旅の鞄(かばん)にヘミングウェーの『老人と海』を入れて行った」という書き出しで▼「ある日老人は海へ遠出した。何時間もかかって行った。陸地はもう見えない。その海には鮪や鰹が群がっていたし、海豚(いるか)も鮫も鯨もいた」とヘミングウェーの文章を引用し、「私が汽車で通る串本から新宮にかけての海そっくり」とある▼山口誓子といえば長きにわたって伊勢湾沿岸に住んだこともあり、いわば海が珍しい人ではない。その人が熊野の海の魅力を特別なものとして感じておられる▼「私の汽車は太平洋を見ながら串本を過ぎ、太地を過ぎ、勝浦を過ぎ新宮に着いた」として翌日の新宮の句会で地元の人の海の句に「海豚襲う」という句があったとし「海豚は緑色に見える。紫色の縞や斑点を持っている。だが、腹がへってきて何か食いはじめると紫色の縞が横縞に出来る」と文豪の表現を引用し、私はそういう海豚をありありと想像したとあり▼「私はその海豚に会いに『老人の海』を読みながらわざわざこの地を訪れた」とあった▼熊野の魅力は山熊野と海熊野に分かれると思う。世界遺産は山熊野に傾きがあるように思うが熊野の魅力は本来「海」だと私は思っている。

夏空にイルカは跳(は)ねてとどまれり

笑い話

暑いので笑い話を▼「外科医になるには二つの大切な条件がある」と切り出したのはアメリカの医学部の大学教授。「一つは目がよいこと。もう一つは多少不潔なことでも勇気を持ってやれること」と言って、目の前に横たわる死体の肛門に指を突っ込んで口にくわえて見せた▼さて、これができるかと学生に言ったところ勇気ある一人の学生が前に出て来てそれをやって見せた。他の学生らの拍手を浴びているその学生に教授は言った。「君はダメだ！」「君は確かに勇気はある。しかし目がよくない。私はこの指を突っ込みこの指をくわえた。君は…」▼戦前の日本の尋常小学校の国語の教科書（三年生用）に「笑い話」として「月と日と雷が同じ宿屋にとまりました。朝、雷が目をさまして見ると、月と日がおりません。宿の者にきくと『もうとうにお立ちになりました』と言います。雷は感心して「ああ、月日の立つのは早いものだ。自分は夕立にしよう」」という文章が出ていた。笑い話も日米で少々趣がちがう▼話のついでで申し訳ないが世界がせまくなった今日、政治家の国際会議が多くなった。世界を舞台に活躍するにはユーモアの精神が必要。次期総理に誰がなるか、大いに期待する。

秋立てど世に吹く風の熱きこと

蝿（ハエ）捕りの話

話は少しくどくなるが▼数年前に地域の公民館主催の盆のソフトボール大会があり、その後の慰労会でのことだ。例年常会長がその世話をしており、その年はKさん宅に集まった▼慰労会といっても昼間のこと。いつもはビールと簡単なツマミでやっていたが、その年はKさんの奥さんの手料理がでてテーブルの上はかなり豪華。そこへ一匹のハエが飛んできた▼昔は食卓にハエの一匹や二匹飛んできても騒ぐ者はいなかったが、衛生観念の行き届いた今ではそうはいかない。常会長のKさんはハエたたきをもって閉口している▼そのハエが不用意に私の目の前に飛んできた。私はその空中に飛ぶハエを手で捕って縁側の板の上にたたきつけた。当然ハエは死んだ。一座は私の早業に「スゲー」と言った▼話がそこで終われば書くこともないが、９月に入り私の家に電話がかかり「自分を弟子にしてください」という。訳のわからない話なので理由を聞いたら、職場の同僚から私のハエ捕りの事を聞いたのだという▼９月11日はアメリカ同時多発テロの日。ハエ捕りとは関係ないが、「気」の武道である合気道を青年に紹介した。私にできることはそれぐらいだ。今や彼は有段者。それでもハエは手で捕らないと思う。

白壁に黒一点や冬の蝿

犬の話

早朝、犬の散歩をしている人によく会う▼その中の一人の方と話をしていたら犬は一流の雷予報士だという。普通の雨の日は平気で外に出るのに雷が近づいてくる日は絶対に出たがらないとのことだ▼別の犬の飼い主にその話をしたら犬は動物の中では聴覚が抜群に発達しており、人間に聞こえていない音を聞く能力があるのだという▼専門書にあたってみたら犬は1秒間に15回から5万回も振動する音波まで聞くことができ、可聴周波数は15から15万ヘルツで人間の20から2万ヘルツと比べると当然人間に聞こえていない音を犬は聞いているとのことだ▼物理関係の用語に弱い私だが、犬の聴力がとても人間の比ではなく冒頭の雷予報士とつながり納得した。感心してその話を別の犬好きの女性にしたら派手に笑い出し、「ウチの子」は何が起こっても寝ているとのことだった▼目を転じて野生の生き物たちの生態を見れば犬の聴覚に驚いてなどおれない。動物、鳥、昆虫や植物の世界でも生きとし生けるものすべてがおのれの身を守り種の存続のためにあらゆる力を結集している▼昨今の新聞は連日沖縄県・尖閣諸島周辺で起きた中国漁船衝突事件関連の記事が出ている。戦後65年の平和が続く日本では誰も他国が攻め込んでくるとは思っていない。文中何が起こっても寝ている「ウチの子」化してはいけないのかも。

遠雷や怯（おび）える犬をいとおしむ

秋の風景

8月から9月にかけては稲の収穫期である▼幾昔か前には家族親戚が総出で稲刈りをしたものだが現在では機械が導入されて一気に刈り取っていく。田植えに始まり青田の季節、やがて稲穂が顔を出す。台風に襲われると稲作農家には大打撃なのだが、今年はそれもなく豊作と聞く▼稲刈りを終えて広く殺風景になった田んぼに白鷺の群が下りて餌をとる。9月も10日を過ぎるとあちこちのあぜ道や川辺の土手に赤い彼岸花が咲き始める。彼岸花とはよくぞ名付けたものでその季節になると毎年申し合わせたように咲く▼夜になると夏の間主役であった蛙たちはどこへ行ったのか声は絶え、秋の虫たちが鳴き始める。都会では夜店やデパートの屋上で高値で売られている松虫や鈴虫も田舎では特別扱いされずどこへ行っても鳴いている▼シュヴァイツァーがこんな言葉を残している。「非常に美的価値が高いと評判されている町や風景でも、行ってみればその第一印象はたいてい失望するものだ」とし、人間、風景、絵画、音楽もあてはまるとあった▼人間、絵画、音楽のことはよく分からないが、風景についてはは特別有名な所へ行かなくても、日々生活をしている家の近くで十分楽しめる▼空に浮く雲、遠くの山、海辺もいいが、わたしは野の風景が好きだ。中でも秋の野の風景がいい。

秋の野や天に一筋飛行雲

ビジョン

ビジョンとは心に描く未来像である▼その昔、息子が通う東京の私立の大学関係者が地方へ出張して保護者らを対象にこんな話をされた▼将来少子化が進むと伝統だけでは優秀な学生は集まらなくなる。大学の内容の充実は当然だが一般への知名度を上げる必要があり、それには駅伝と野球が効果的だとして、良い素質の選手がいたら是非本学を紹介してあげてくださいと熱く語っておられた▼それから20年余の年月を数える。10月28日の新聞は、その大学が27日の試合に亜細亜大学に勝って創部以来80年目にして初めて東都大学リーグで優勝したと報じていた。その大学は野球では有名とは言えない国学院大学である▼蛇足かもしれないが東都大学野球は加盟チームが多く東京六大学のように固定しておらず、一部で成績が悪ければ二部の優勝チームと入れ替え戦があり、負けると降格となる。二部で最下位の六位になればさらに下の部がある▼国学院大学は二部の常連で、たまにそこで優勝しても入れ替え戦で敗れ「見たか一部の底力」と相手応援団に揶揄（やゆ）されては涙を飲んできたのだ。（大学広報誌）▼それが今シーズン堂々の一部リーグの優勝である。それも評判の沢村投手の中央大にも勝っての栄冠である。遠い日からのビジョンあっての今日だと言えよう。

スポーツの極（きわ）みは無心秋澄める

風雪ながれ旅

作詞家の星野哲郎さんが亡くなった▼その数4千といわれる作品のどれもが日本人の心をゆさぶる。その中でも私は「風雪ながれ旅」がすごいと思う▼「破れ単衣(ひとえ)に三味線だけば／よされよされと雪が降る／泣きの十六短い指に／息を吹きかけ越えてきた／アイヤーアイヤー津軽八戸大湊」曲は船村徹、歌は北島三郎である▼「三味が折れたら両手を叩(たた)け／バチが無ければ櫛でひけ／音の出るもの何でも好きで／かもめ啼く声ききながら／アイヤーアイヤー小樽函館苫小牧」星野哲郎の出身は山口県の瀬戸内海の近くだという。けれど作品は「北」が多い。演歌には北の厳しさがよく似合う▼「鍋のコゲ飯袂(たもと)で隠し／抜けてきたのか親の目を／通い妻だと笑った女(ひと)の／髪の匂いもなつかしい／アイヤーアイヤー留萌滝川稚内」歌詞のおわりの地名三つは北の国の港町▼こんな歌もある。「やさしさとかいしょのなさが／裏と表についている／そんな男に惚れたのだから／私がその分がんばりますと／背(せな)をかがめて微笑(ほほえ)み返す／花は越後の花は越後の／雪椿」作曲遠藤実、歌は小林幸子である▼だれとて幸せを求めて生きている。とは言え思いにまかせぬのがこの人生である。「背をかがめて微笑み返す」とはよくぞ歌ってくれたもの。いい歌はこれからも長く歌い継がれて行くことだろう。故人の冥福をお祈りする。

長き夜を繰り返し聴く「ながれ旅」

こんな笑いも

秋も深まり、夜になると静かである▼テレビでドラマをやっていたが長そうなので別のチャンネルに切り替える。そこでは司会者を前にして芸能人が数人ひな壇風に並び指名されたものが適当な話で笑いをさそうと、ここぞとばかり仲間が手をたたいて大笑いする。全然おもしろくない▼結局自分の部屋で本を読む。「朝礼の話のタネ300例」というタイトルの本で夕方本屋で買ってきたものだ（中村昌男・日本実業出版社）▼その第1話が「仕事をする心のあり方」で、孔子の言葉を引用してあり「心ここに在らざれば視れども見えず、聴けども聞こえず、食えどもその味を知らず」とあった。つまり気持ちの集中がなければまともな仕事はできないということだ▼ふと大相撲九州場所の11日目、魁皇（かいおう）対嘉風（よしかぜ）戦を思い出す。両者気持ちを集中しての立ち合いである。好調魁皇の突進をさける形で嘉風身をかわして横に回り投げを打つ。魁皇がこらえるところ嘉風うしろに回り魁皇のお尻を押す形。ここぞと嘉風勝利を確信して突進したのが自ら墓穴を掘ることになる。魁皇苦しまぎれにヒョイと後ろを振り向くかっこうで回ると嘉風バタリと土俵上に裏返し。芸能人の話で笑わなかった私もこれには大爆笑▼本気対本気の勝負から時にはこんな笑いも生まれる。

長き夜に孔子を学ぶ愉しさよ

天皇誕生日

12月23日は天皇誕生日である▼朝、雨戸を開けていたら遠くから音楽が聞こえてきた。何の音だろう。一瞬耳を疑ったが遠くではあるが街宣車が流すその曲が聞きとれた▼それは遙（はる）か遠い少年時代に聞き覚えのある曲だった。「今日のよき日は大君の／うまれたまひしよき日なり…」全部ではないが今でも歌詞を覚えている。その続きは「今日のよき日はみひかりの／さし出たまひしよき日なり」だったと思う。昭和期には4月29日がその日で戦前戦中は「天長節」と言っていた▼明治、大正、昭和と日本は天皇制国家としての道を歩いた。憲法上の地位も神聖化されたものであり、教育も初等教育から徹底した天皇崇拝の教育であった。天長節には学校で式があり校長の教育勅語奉読の後、この天長節の歌をうたったものだ▼昭和20年8月15日、日本は戦争に敗れその日を境に変わった。やがて憲法も改められ主権在民の国となり天皇の地位は「象徴」となる▼過去の「天皇制」についての是非はそれぞれ歴史観により異なろうが、戦後の象徴天皇としての歩みはその時々のメディアの伝える通り国民に敬愛されている▼戦後65年、平成も23年を迎える。陛下は77歳になられた。おだやかなお人柄、健やかな日々を願ってやまない。

風止めば昭和のままの冬木立

藤田まこと

時代劇必殺シリーズでおなじみの俳優藤田まことが他界して早や一年▼テレビでは必殺シリーズの他「剣客商売」も嵌(はま)り役で若い妻のお春とのちょっとした掛け合いなどお茶の間の人気は高かった▼幼少時から苦労が多く、俳優だった父は留守がち、実母は早逝、継母とは折り合いが悪いといった不運。住居も東京、京都、大阪と転々、高校を中退しての芸能界入りだった▼最初は歌手を目指していたそうだが、やがて司会やドラマのちょい役を数多くこなしているうちに「てなもんや三度笠」で主役を得、ご存知のような独特の間(ま)とせりふまわしで現代劇、時代劇を問わずいい味を出す俳優として存在感を示していた▼藤田まことの魅力は多岐にわたると思うが個人的には必殺シリーズや「剣客商売」といった時代劇の演技が好きだ。やや陰をふくんだ風貌と気の入ったすご味のあるせりふ、リアルな剣さばき、それに共演者たちの好演とバックの音楽がさらに彼の魅力を引き立てた▼２月17日が一周忌。映像が保存される時代、仕事人中村主水はこれからも折に触れわれわれの前に現れるだろう。あの渋さが好きだった。それに引きかえ昨今の政治家たちの軽さは何なのだろう。彼らは人生の苦労というものを知らないのではないだろうか。

追憶は二月の野道果てるまで

養春小学校

本年度末をもって養春小学校は133年の歴史を閉じ西向小学校と統合する▼多くの小学校が地域名を学校名にしているが、なぜか本校には「養春」の名が付いている▼地元の人の勧めもあり私は同校を訪ねた。私の問いに丸谷校長は一枚の紙を示された。それには「春を養う、春の芽生えのすくすくと、伸びる姿を願ったもの」とあった▼本校は明治初期の開校時には「姫小学校」と称し、その後、学区の改正で近隣六カ村（西向、神ノ川、古田、伊串、姫川、姫）を連合し「考明小学校」とし本校を西向に設置、古田の「履修小学校」と「姫小学校」は分校となっている。（学校沿革史）▼紙幅の関係で詳細は略すが明治26年4月に本校は改めて「養春尋常小学校」として再出発している。校名はその際当時の西向小学校の校長久保芳彦氏の発案によるもので現校長の示した言葉は久保校長の残したものである▼現在の在籍児童数13名。明治以来常に100名を超す児童が学んでいた学校であり、戦後のある時期は200名近くを数えた。昭和も終わり近くになり急速に児童の数は減り多くの学校の統合が進み、ついに本校にもその時が来てしまった▼開校以来本校の地域と共に築いてきた歴史は輝かしい。今、その灯が消えることは極めて寂しい。

姫駅の降者は一人春の雨

地震

何が怖いと言って地震ほど怖いものはない▼東日本大震災から1週間、確認された死者の数は増え続け、安否不明の人もおびただしい。加えて福島原発の放射性物質放出の恐れにもおののき、停電と寒さ、物資不足ときたら日ごろの安穏な生活は何だったのか▼旅行好きの私は機会をみては日本の各地を回ったが、海辺の町、山奥の村どこへ行っても人の住む所必ずあるのが神社仏閣である。それは大小さまざまで小さな祠（ほこら）まで合わせるとおびただしい数にのぼる▼われわれの先祖はその前で何を祈ったか。地震や台風、さまざまな天変地異や病気に対して科学的な知識の乏しかった時代はただただ神仏に家内安全をひたすら祈ったことだろう▼確認された死者5694人以上、安否不明者1万7607人以上、避難者40万7016人以上（17日午後11時現在、朝日新聞）と伝えられ、現在なお余震が続いている▼仙台に住む知人とやっと連絡がとれ生存は確認したが、家はめちゃくちゃ、運転可能な自動車は残ったがガソリンが手に入らず動きがとれないという▼この寒さ、地震の直接の被害はさけたものの避難先で病没する高齢者も出ているようだ。科学の時代とはいえ恐怖極まれば人は思わず神仏に手を合わせたくなる心境だろう。

北国の災禍悲しと雉子（きじ）が啼く

涙

「菜の花畑に入日薄れ…」とは文部省唱歌「朧月夜」の歌い出しだが▼テレビで古い映画「二十四の瞳」を見てこの曲を聴き思わず涙が流れた。涙とは悲しい時に流すだけではない。何かに感動した時も自然にあふれる▼「菜の花畑に入日薄れ／見わたす山の端霞ふかし／春風そよ吹く空を見れば／夕月かかりて匂い淡し」かつて日本ののどこへ行っても見ることのできた情景だが、五十年以上も前に作られたモノクロ映画で、時代背景が昭和初期の子どもたちが着物姿で走り回る姿に心がうばわれた▼「二十四の瞳」は瀬戸内海の小豆島の岬の分校を舞台に十二人の子どもたちを描いた壺井栄の小説を木下恵介が映画化したもので、大石先生役の高峰秀子の好演もあり当時話題をよんだ作品である▼「里わの火影も森の色も／田中の小径をたどる人も／蛙の鳴くねも鐘の音も／さながら霞める朧月夜」映画の中では「仰げば尊し」や「浜辺の歌」など数多くの唱歌が歌われる▼ふと、われらが故郷を思うに戦争や地震の直接の被害を受けたわけでもないのにいつしか住む人は減り、里わの灯は消え学校も閉校の道をたどった地域も多い。せめて「二十四の瞳」（12人）の子どもがいればと思ったところも少なくない。映画で涙を流してもこの現実には涙も出ない。

歌声のなき学校の桜かな

月当番

私の住んでいる所は農村で、15軒の小地区で高齢者が多い▼４月はわが家が月当番で、先日自治体発行の広報を配りに各戸をまわった。天気もよく吹く風がどこからか桜の花びらを運んで来る▼一軒目、声を掛けたが返事がない。玄関わきの郵便受けに広報を入れて帰りかけたところへ裏口から主人が現れる。大正13年生まれで昭和20年8月6日、広島に原爆が落とされた時、岩国の海軍航空隊の基地にいて空に浮くキノコ雲を見たという。5年前に奥さんを亡くされ現在一人暮らし。趣味人で若い時から続けているのはカメラだという▼二軒目は六十代の夫婦二人暮らし。奥さんはきれい好きで家の内外は掃除がゆきとどいてきれい。奥さんは花づくり、主人は金魚の飼育が趣味。奥さんの花壇もご主人の水槽も本格的で、花々の美しさも金魚の貫禄もプロ並みで感心した▼三軒目は現役の勤め人で留守。四軒目は若い時からの自動車好き、現在は看板を出して鈑金塗装のプロ。いつもラジオからＦＭ放送の音楽が流れている。その他、猫好き、犬好き、趣味から植木職人の腕を持つようになり農閑期を有効に使う80歳もいる▼地区を回りながら荘子の言葉を思い出す。荘子は恵まれた者もそうでない者も、人生はそれぞれ楽しむためにあるという。

花吹雪過去も未来もさくら色

離ればなれ

3月11日の大震災から1カ月以上たったが私はそのショックから立ち直れない▼あの日の地震さえなければ、どの人にも普段の生活が静かに営まれたはずなのに▼死亡者1万4208人、行方不明者1万2384人、避難者13万0852人（22日現在）。戦争でもないのにこれほどまでの被災者が出る地震を誰が予想しただろう▼新聞、テレビが伝える現地の様子は遠くに住む者の想像を遥かに超えたものだった。東北地方は寒い。電気がつかない、水がない、食べ物がない、身内の所在も分からない。日本を襲った戦災以来の悲しい出来事だ▼昭和20年5月の東京大空襲で私が生まれ育った五反田の家も街も学校も焼けた。その時私は熊本に疎開していたので焦土と化したふるさとの姿を知らない▼「幼き日石投げ込みし目黒川よどみ流れるかの日のままに」（19歳の作）。戦前の都会の川はよどんでいて汚かった。それでも私にとってはふるさとの川だ▼小学校3年を最後に疎開等で離ればなれになった友だちとはその後会えず、60歳を越えて仲よしだった近所のT君が札幌にいることが判明。もう一人を加えてその年の秋3人で元住んでいた家の近くで再会し喜んだ▼震災後私は小欄の原稿を書くのがつらい。今日も不明者の数が減り死亡者の数が増えている。

行く春や離ればなれの人想う

双葉山定次

大相撲界が大揺れしテレビ中継がないのが寂しい▼ふと昭和の名横綱双葉山定次の偉業を思い出す。昭和の初めから日本にラジオが普及した昭和10年代が双葉山の全盛期と一致する▼双葉山の連勝記録は昭和11（1936）年春場所7日目に始まる。その当時は年2場所11番制であったから春場所が5勝。夏場所11勝。翌昭和12年春場所11勝。その年の夏場所から13日制となり13勝、昭和13年春場所13勝、夏場所13勝。そうして迎えた昭和14年春場所の4日目に前頭4枚目の安芸ノ海との一戦は70連勝目であったが惜しくも敗れて連勝は69で止まった▼双葉山の偉大さはこの連勝記録と同時に安芸ノ海戦に敗れた後の態度の立派さが共に語り継がれている。この一戦に敗れた後も表情一つ変えず土俵に一礼、普段通りの足どりで花道を去り、その後の記者の質問に対しても冷静で自分の体調（満州巡業後不調）には触れず表情朗らかに若い勝者である力士を讃（たた）えたという▼「われ未（いま）だ木鶏たりえず」の語はその時の発言であったといわれている。鍛えられた闘鶏は木彫りの鶏のように静かであるとした荘子の語に根ざした言葉で、心・技・体のうち双葉山が特に「心」を重視した横綱であったことがうかがえる▼双葉山は日本敗戦の年に引退、その後協会理事長を長く務めた。

それはそれ外国人の相撲観る

夏山海岸

その昔、新聞の投句欄で「眼閉じれば花野を歩む乳母車」という句を拝見したが▼私が眼を閉じて切ないほど美しく思い浮かぶ風景は初夏の夏山海岸である。私は昭和26年、16歳(高校2年)の春にこの地方へ移り住んだが当初は友人もなく、休日は家のある紀伊浦神駅から新宮までの学割定期券を最大限利用して出て回った▼桜の季節の湯川(ゆかし潟)も、夏の那智の滝もすばらしかったが、この季節に湯川駅から鉄橋を渡りトンネルをくぐり線路沿いに歩いて(当時は許されていた)たどり着いた夏山海岸とその一帯の雰囲気は私にとっては母のふところのような安らぎの場所として記憶に残った▼そこには小さな旅館があり、声を掛けると年端の行かぬ高校生の私を丁重に迎えてくれ気軽に温泉に入れてくれた▼それから3年後の秋に父が急逝、すでに母を亡くしていた私は「ひとり」になった。都会へ出たこともあったが何かむなしく寂しさを感じた時になぜか初夏の夏山海岸が目に浮かんだ▼「疾風勁草を知る」(勁草とは強い草。風のおだやかな時は強い草も弱い草も大差はないが、ひとたび疾風にあおられた時勁草はその真価を発揮する)を大書して壁に貼って起居した日々もあった。齢76、夜ともなれば遠い日々が思われる。夏山は湾の対岸太地町に属する。

勁草の確かな芽吹き被災地に

難読姓氏

最近新聞やテレビで大震災復興会議の議長「五百旗頭真」氏（防衛大学校長）の苗字に接し遠い昔を思い出した▼「五百旗頭（いおきべ）」の苗字は珍しく、すんなり読める人も少なかろうが昭和二十年代の後半、東京で牛乳配達のアルバイトをした時筆者が手にした名表に確かその姓があった。「妹尾（せお）」「大豆田（まみうだ）」「首村（かどむら）」「勅使河原（てしがわら）」の姓も▼難読姓氏は何も東京まで行かなくても全国いたるところにあり読む者を悩ませ、時には和ませてもくれている。なぜこうなったのか、ものの本によると▼明治以前にすでに混乱は起きていたが明治維新により農民や町人にも苗字が許され（太政官布告）あわてて付けたのが大きな原因だという▼太政官布告は明治3年に出されたが苗字なしの生活になれていた庶民になじまず明治8年の再度の布告で義務づけられ町や村の役職の者に相談したり洒落（しゃれ）っ気で付けた人もいたようだ▼「月見里（やまなし）」「予子子（ねこし）」「恋仲（こいなか）」「九十九（つくも）」「谷谷（やつがや）」「牛糞（こごえ）」「八十八騎（とどろき）」とはおどろき。一地区ほとんど同姓の所もある▼話は冒頭にもどるが菅首相が辞任しても復興会議は存続するとのことだが、何があろうと初志を貫くよう五百旗頭議長のリーダーシップを期待してやまない。

同姓の家並続きて軒つばめ

蜂の襲撃

物置の裏で蜘蛛の巣を払っていたら古い蜂の巣があったのでついでに払い落とした▼古いと思ったのは私の勝手な判断で実は中に蜂がいた。次の瞬間、巣からこぼれ落ちるように二、三匹。こりゃかなわんと体を翻して逃げに入った私を追って四、五匹、さらにそれ以上が飛んで来た▼年齢はとってもその昔は短距離選手だ。蜂ごときに負けられぬと帽子ではたきながら表へと走る。よかった、難をのがれた。そう思った次の瞬間左の半袖シャツの袖口にでもしがみついていたのだろう。二の腕の肘の上あたりに痛みが走る▼やられた。蜂の難を告げると妻は傷口の毒を出し、薬をつけて保冷剤で冷やしてくれた。お陰でその日は問題なかったが、二日目の今日は傷口近くが赤みを帯びて腫れており少々かゆい▼話は変わるが菅内閣の行方が分かりにくい。一体何をいつまでにどうやるのかテレビの国会中継を聞いていてもよく分からない▼被災地のがれきの撤去も不十分なまま夏も盛りを迎えようとしている。原発問題も未解決だ。野党の追及も首相に退陣を迫るだけだ▼小欄を担当して9年になるが大震災を境に何を書いてもむなしい。こうした空疎感は過去に経験したことがない。国の政治の大切さを思う日々が続く。

巣を守り戦う蜂にたじろぎぬ

センターフライ

今年も甲子園の高校野球が始まった▼筆者はこの季節になると自分の少年時代のある日のことを思い出す。それは戦後間もないころで疎開先の熊本でのこと。当時野球のグローブは学校にはあったが個人で持っている者は少なかった▼確か中学校の入学祝いに東京の親戚に送ってもらったと記憶するが、そのグローブを持って学校へ遊びに行ったら野球部の練習試合中であった▼当時は野球部といっても組織だったものではなく、選手もユニフォームを着ている者は2～3人でスパイクを履いている者などいなかった▼どういういきさつだったか記憶にないが、野球部の先生がグローブ片手に見物している私に「君、センター守ってくれ」と言われた。当然ことわったがまわりにおだてられて守備についた▼センターの守備位置はピッチャーの投げる球筋がよく見える。なかなかストライクが入らない。四球が続きランナーがたまる。守備位置にいてボールが飛んで来ないことを祈った▼試合は1点差、2アウト。打球が正面に飛んできた。外野手は打球につられて前進したら頭の上を越される。私はほとんど定位置で構えていると打球はまっすぐ向かってくる。足がガタガタ震えた。捕った！

一瞬が永遠の価値野球かな

名投手

今年も甲子園の高校野球が熱い▼ふと私が新宮高校在学当時の同級生の顔が目に浮かぶ。私が新宮高校へ転校して来たのは2年生で昭和26年の春であった。その時、同じクラスに杉本という生徒がいたが、まさかその杉本が甲子園出場のエースピッチャーだとは思わなかった▼転校生とはいえ新宮高校が野球の強いことは知っていたが、現在のようなテレビの時代ではなく身長も普通の生徒並みの目の前にいる彼が有名な大投手だとは気がつかなかった▼彼はよく私に話し掛けて来て、休み時間に教室の後の方で相撲をとったり、一度だけだが別の友人宅で将棋を指したこともあった▼ある日、私がバスケット部の練習でグラウンドに出ていて野球のユニフォーム姿の彼を目撃、その時初めて天下の名投手杉本が彼であることを知った▼昭和27年、夏の甲子園で新宮高校は当時強豪とされていた法政二高と当たり杉本は散発5安打で完封。その快挙を昨日のことのように思い出す。直球に威力があり高低差のある変化球が武器であった▼後に明治大学、社会人野球でも活躍、神宮球場と後楽園で2、3度会ったがその後ごぶさた続き、先年訃報に接し悲しんだ▼私の手元に「明治大学野球部・杉本和喜代」からのハガキが一枚、遠い日の記念として今も残る。

風鈴は昭和の音色ひとこいし

2011年8月21日

墓地で思う

お盆の墓参りに行く▼わが家の墓は那智勝浦町浦神の東地区（湾の向こう側）通称「寒風（さぶかじ）」の谷にある。墓地の奥には杉林を流れる小さな谷川があり滝も見られる▼この墓地の入口近く、正面に紀勢線鉄道の生みの親といわれ現在も那智駅前に記念碑が建つ当時の代議士山口熊野の墓もある▼浦神地区に限らないが戦時中、海辺の町や村から海軍の軍属として徴用された人が多く、戦争末期に多数の犠牲者が出た。軍人としての戦死者と共にその人たちの霊もここに眠る▼戦前、遠く明治大正期から北米など外国へ移住した人たちも多い。そうした人たちの一部は帰国して海外の進んだ生活文化を故郷に持ち込んだ。再渡米した人もいるが多くはこの地に眠る▼浦神には耕地が少ない。男性の活躍の場は海である。かつては家族を故郷に残し漁船の乗組員として遠洋に出る人もいたが、昨今では海をはなれ家族ごと都市部へ移住する人が増えた。ただし墓だけは故郷に残す▼このところの猛暑はすさまじく、花を供えようにも水が温（ぬる）い。バケツを提げて奥の谷川の冷たい水を汲（く）みに行く。途中、見覚えのあるひとと目が合ったが一瞬名前が浮かばない。双方で「どなたでしたか」と言う始末。五十余年の月日の流れの厚みを思う。

炎天を谷の冷水（みず）にて墓洗う

まさか

今回の台風12号の豪雨では紀伊半島各地でまさかのことが重なり大きな被害となった▼「あっという間に水が流れ込んできた」「犬がほえるので二階から下りて来たらもう水が来ていた」「まさか、ここまで」「まさか家が」▼備えあれば憂いなしと言うが今回の豪雨災害は過去の経験をふまえての「備え」が役に立たなかった▼災害以来、新聞やテレビは紀伊半島各地の状況を伝えているが、とりわけ本紙が連日写真で伝える地元各地の様子は被害の大きさを物語る▼政府は早くも就任間もない野田総理が足を運び今回の豪雨災害を激甚災害に指定するとのことだが、復旧、復興を一日でも早くと願うばかりだ▼かなり以前のことだが小欄に国を治める根本は山を治めることだとし、植林の大切さを説いた記者がいたが真理だと思う▼筆者は林業のことは素人だが山の木々の保水力が大切なことは分かる。道路や河川の復旧復興は急務だが、国家百年の計として山を治める施策が求められる。でないとこれからもまさかの災害が長く続くことになりかねない▼洪水で荒れた後の土手に無数の彼岸花が咲き始めていた。いつの間にか季節は秋。

洪水の去りて今年の彼岸花

停電

災害時の停電には参った▼床上浸水後の家の片付けはぐっしょり水を含んだ畳や家具など、これでもかと言わんばかりの重い物を移動させる作業が続いて汗まみれになったあげく▼停電だと分かっているのにエアコンを入れようとしたり冷蔵庫を開けようとする。他所の被害の様子を知りたいと思ってテレビの電源を入れようとしてああ、停電かと気づいたり▼夜はローソク生活。トイレに行くにも暗い。習慣で電灯のスイッチに手がのびる。何ともむなしい▼日常テレビから流れ、パソコンで得ていた情報が停電で遮断される。知人に届けてもらった本紙を手に那智の川筋や古座、十津川、本宮、熊野川の被害の様子を知る。新宮の街にも水が入ったことなども知り驚く▼災害について一般的に考える時、防災が第一だと思うが、現実には個人では対処できない電気や電話などの公共的な設備の防御策が肝要だと思う▼今回筆者が体験した相野谷川筋では給水については町の支援で助かったが停電と電話の不通（ケイタイも含む）は外部との情報が断たれ精神的にもかなりの重圧となった▼地域差はあったが徐々に停電が解消し部屋に明るい電灯がついた時やっとわれに返った。家庭用の発電や蓄電設備も話題になっているが普及には低価格が条件だ。

名月の照らす被災地屋根瓦

那智の滝

あれから二カ月▼台風12号の災害後初めて那智の滝を訪れる。秋の行楽シーズンとはいえ観光客の姿はまばら。社務所の若い神職に災害時の滝の様子を聞く。平常時では想像もつかない大水量となった滝が轟音と共に落ち、大きなしぶきが社務所前まで降って来たという▼当日、夜中に大水量となった滝は滝つぼ近くの巨岩を押し流し杉の大木を根こそぎ倒していたという▼滝前の参道で中国からの観光客の一行と会う。英語が通じたので尋ねたら香港からだという。今回の旅行で一番見たかったのが「那智の滝」だったといい盛んにカメラのシャッターを切っていた。この滝は神の滝として古くから日本人の信仰の対象としてきたことを話したら中国語でお礼を言ってくれた▼帰途、市野々の友人宅を訪ねたが留守。玄関脇の壁に赤い粘着テープで×印がある。気が付けば近くの家々にもそのマークが。近所の人に尋ねたら災害時にその家の人の安否を確認した際目印に貼ったものだという▼あの洪水で那智川周辺の景色は変わった。川には巨大な白い石がごろごろ、両側の山の斜面はいたる所で崩れて山肌の土の色をさらしている。観光客がもどり人の心をふくめ生活すべてが平常にもどるにはまだまだ時間が必要だ。そんな中、滝そのものは静かに落ちていた。

あるがまま無心の極み那智の滝

旧友を訪ねる

ふと思いついて鵜殿の旧友を訪ねる▼車の時代になりその気になればいつでも行ける距離にあってもそれをしない。電話さえかけない。おまけに近所まで行っても寄りもしない。これではいかんと思う▼門を入ると縁側に彼がいた。「おい！」と言ったら「やあ」と笑顔でこたえた。「今日はぬくいな」「今日はぬくい」▼高校の同級生だから年齢(とし)は同じ、お互い若いつもりでも人並みに年齢を重ねている▼最近の健康状態や家族の近況を話し合い、腰など痛いと言いながら互いの健康を喜び合う。中でも孫のかわいさを語る時の表情がいい▼彼は花の写真を撮るのが趣味で、過去に賞を受けた作品を何点か見せてくれた。梅や椿など身近な花をレンズを通して大きく写したもので肉眼とはちがう花の美しさが出ている▼彼の住まいは鵜殿だが高校は新宮で卒業後は公務員として和歌山県内各地で勤務した。三十代、四十代、その後も私と彼と特別な接点はない。六十の定年を過ぎて熊野川上流の和気(わけ)の河川敷のゴルフ場で初心者として「一人練習」していた者同士話をしていて仲よくなった。なんか少年めくがいくつになっても気の合った友だちはいい。

百年の古木と旧友(とも)と萩の庭

伝統

手元に「伝統」と題した冊子がある▼「黒潮おどる熊野灘／浜木綿かおり友を呼ぶ」とは巻頭を飾る古座高校の校歌。冊子の内容は昭和23年の学制改革時に始まった同校サッカー部62年の歩みと同部ＯＢらの思い出の記である▼発足時「６人から始め、学校の体育の授業にサッカーを取り入れてもらうことができ、その中から優秀な人材を引き抜いて何とか11人でのチーム達成。他校との最初の試合ができた。でも勝ってしまった。即、部員が増加し、そこで古座高校サッカー部が誕生した」と綴るのは第２期生杉本皐三郎さん▼国体と全国選手権大会に県代表として出場した思い出を記しているのが第13期生和深楯男さん▼サッカー部顧問として発足当時を知る川崎勇次先生は「当時、旧制新宮中学より還元転校した杉本皐三郎、岩崎利夫、上野山裕也、畑亘、西津衛助、和深清司等が新宮中学校でサッカーをやっていた関係で…」と旧制「古座高女」が戦後共学校となり男子サッカー部が誕生したいきさつを回顧しておられる▼『少子化の波』は容赦なく我が故郷にも訪れ…」と記し古座高校の歴史と共に伝統あるサッカー部も62年の歴史を閉じることを惜しむ同部ＯＢ会長浦河善美さんの文章など胸に迫る▼「古座高校の名を負いて／仰ぐ連峰紀の国の／伸びゆく我等若緑」とは冒頭の校歌の続きである。

振り向けば青春夢あり恋もあり

大工仕事

9月の台風による豪雨が筆者の家を水浸しにした▼床上まで来た水はあっと言う間に引いたものの、後が大変。家具や家電製品がダメで、書籍類、アルバムもべとべと。ふとんに畳もダメ。近所中が惜しげもなく捨てまくった▼家の前はもちろん、近所の空き地という空き地はそうした普段家の中におさまっているものが恥じらいもなく散乱した▼物を出し終わった次の問題は家そのものである。全壊家屋は不幸なこととはいえ結論が出ているが、問題は大破もしくは半壊などの家である。わが家は床上浸水で幸い泥が入らなかったので水が引けば乾燥を待つばかりと思ったのが甘かった▼床板がなかなか乾かない。30年以上も前にトレーラーで運んできて積み木のように積み重ねて造ったユニットハウスの構造を十分理解していなかった筆者がバカだった▼床板の下にふわふわの綿花状の断熱材が全面に敷かれ、それがたっぷりと水を含んでいた。床板は一度濡れたコンパネ、その上家の骨組みが鉄骨で釘が特殊なのでなかなか抜けない。コンパネの縦横に張り合わせた合板を一枚一枚ひっぱがし、断熱材まで取り除くのに一苦労▼その後に床板を張りフローリング材を張らねばならない。プロの大工は多忙で来てくれず、しからばと老いの一徹孤軍奮闘の日が続く。この仕事、足腰よりも思いのほか指先が疲れる。

短日や大工仕事で時忘れ

年の瀬に思う

年の瀬、ことしを振り返る▼3月11日の東北地方を襲った地震と津波の被害は大きく、遠く離れた紀州の地に住むわれわれの気持ちも重くした▼加えて9月4日の台風12号による豪雨被害は地元各地を直撃し尊い人命を含め多くの犠牲を出し、いまだに元の生活にもどることのできない家族も多数ある▼道路や鉄道、その他外的なものは徐々に復興していくだろうが、個々の人々が精神面も含め元の生活にもどるにはまだ時間がかかる。戦争を体験し敗戦から立ち直った経験を持つ日本人は強い。そう信じている▼そうした思いの中、どうしようもなく不安なのは原発事故である。電力会社も政府も最大限努力するだろうが、福島以外にも原発はあり、それぞれさまざまな不安を感じる▼「人間は死ぬものである。ソクラテスは人間である。故にソクラテスは死んだ」とは推論の王道とも言うべき三段論法だが「原発が事故を起こした。日本各地に原発がある。故にそれらが事故を起こす可能性を否定できない」とは極めて一般的な推論だと思うが、それをあざ笑うような論調を目にする時そら恐ろしいものを感じる▼チェルノブイリの悲劇を知らないはずがなく、原発の経済効率を根拠に擁護するような話にはとてもついていけない。

年の瀬や父の血母の血絶やすまじ

2012年1月8日

年賀状

平成二十四年が明けた▼元旦には年賀状が届く。北海道、九州、四国、東京、大阪、名古屋からも。筆者は元教員なので過去に教えた生徒たちからのものもあり全国各地から届く▼賀状の内容も多様で、多くは家族や本人の近況、趣味や仕事に触れたものもあり、近年、パソコンの普及と共に写真や絵入りでカラフルなものが目につく▼ことしの傑作第一位は新宮の元教え子で漬物問屋のUからのもの。謹賀新年の横書き文字の下に6歳と2歳の男児が風呂場で水遊びをしている写真入りである。この子たち、風呂場にいるがつかっているのは湯船ではなく、その前に置かれた漬物桶の中。2つの漬物桶にそれぞれ一人ずつ、すっぽり入ってにこにこしている。その家ではありふれた光景なのかもしれないが、子どもの顔の愛らしさもあり思わず笑ってしまった▼遠くに住み、先年奥さんを亡くした一人暮らしの同級生からの賀状は起床から就寝までの「健康生活」のための日課が書かれており、本人の血圧や食事（菜食主義）の内容まで細かく書いてその後に「77才、常飲薬なし、極めて健康」とあった▼ほっとしたのは元太地水族館の館長でかなり以前に福島へ転居された柳澤践夫(あんど)氏からの年賀状だった。震災以来ずっと案じていただけに元気そうな筆跡に接し安堵した。

年ごとに賀状でつなぐ絆かな

把瑠都

大相撲初場所は13日目にしてエストニア出身の大関把瑠都が優勝を決めた▼大相撲界をとりまく環境は必ずしも良好とは言えない中にあって、個々の力士たちは日々努力を重ねて本場所にのぞむ▼把瑠都凱斗、本名カイド・ホーヴェルソン。エストニア出身の27歳で平成16年夏場所が初土俵、17年秋新十両、18年夏新入幕と順調に番付を上げてきた▼しかし、入幕後はこの大器にも不運が襲い左ひざじん帯損傷による休場が重なり番付も十両に下がっての再出発となる。19年九州場所で再入幕を果たし、以後努力の人として玄人筋の評価は高く将来の大横綱を期待されて平成22年夏場所に大関昇進を果たした▼「すごいけいこをしている」「恐らく大関は通過点」との声を背中に「エストニアの怪人」把瑠都は不慣れな日本語を駆使してインタビュールームの常連となり今回の初優勝を果たした▼国技なのに上位力士は外国人ばかり、との噂もあるが今やどの分野も国際化の時代、むしろ大相撲界は国際化をリードする立場にある。かくなる上は白鵬と並ぶ横綱への階段をもう一段上ってほしいものだ▼この怪人、土俵を下りれば家族思いのやさしい人。コイン収集が趣味でひまな時はパソコン前にゲーム三昧とか。妻のエレナさんと磯釣りにも行くそうだ。南紀州へも来たらいいのに。

乗り出して炬燵で見入る大相撲

畳のサイズ

畳のサイズは田舎間サイズと団地用サイズぐらいがあると大ざっぱに思っていたが▼台風豪雨での水害で床上までやられたわが家の修理をしていて今回ようやく畳の注文をする段になり測ってみておやっと思った▼わが家は大手住宅会社が造ったユニットハウスだから一般の家とは多少違うとは思っていたが、浸水した一階と同型の二階の部屋の畳の大きさだけでも二種類あった▼新宮の旧知でもある畳店を訪れ来意を告げると、午後の一番に測りに行きますと言ってくれた。台風の後、最近まで超多忙の毎日が続いたとのことだった▼午後1時30分、約束通りにわが家の前に車が止まった。店の主人と息子さんでプロ用のメジャーで縦、横、それに対角線と部屋のあちこちを測り記録する▼その親子の話によると畳のサイズは家により部屋によりそれぞれ違い、部屋も寸分の狂いのない長方形ではないので調整のためにきちんとした計測が必要なのだという▼そういえば私が張ったコンパネ材の床は規格に合わせたサイズに切って張ったにもかかわらずあちらこちらにズレが生じた▼畳に限らない。ガラス戸も網戸も場所により微妙に違う。いわんや水害被害者のわれわれも状況立場によって違う。すべて一律とはいかない。

新しい畳が来るぞ春近し

人に師あり

地元南紀州の海を舞台に養殖魚の研究で知られる近大熊井英水（ひでみ）先生の著書「究極のクロマグロ完全養殖物語」を読んでいて「人に師あり」の思いを強くした▼大学を出て、今で言う就活中の熊井青年は当時の近大白浜臨海実験場を訪れる。「登山帽に作業着、長靴、よく日焼けした笑顔」で白浜駅に自ら迎えてくれた人が以後師と仰ぎ共に研究を続けることになった原田輝雄先生だった。1958（昭和33）年のことである▼「大学の先生がこんな格好をしているなんて」と思いつつも、実験場でハマチの生簀（いけす）を前に「このハマチを全国に届けたいんだ」と、まだ低栄養状態だった当時の日本人の現状を思っての原田先生の熱い言葉に「よしっ、この人についていこう！」熊井青年はそう決心したそうだ▼その頃すでに生簀網の考案でハマチの養殖に成功、その世界でパイオニア的存在だった原田先生はそれからも「魚を見ろ、魚に学べ」の徹底した現場主義で次々と成果をおさめる▼その原田先生を師と仰ぐ近大水産研究所のグループは最もむずかしいとされているクロマグロの完全養殖を目指す。だが道半ばにして1991年6月原田先生が急逝、リーダーを失う。しかしその遺志を継いだ熊井先生らにより完成。そして現在、熊井先生を師と仰ぐ若い世代が活躍中である。伝統とはこれを言うのだろう。強い絆と力を感じる。

どこまでも紺色深き冬の海

老人のユーモア

最近では老人を老人とは言わず高齢者と言っているが▼その高齢者の中でかつて世界最高齢者と言われていた鹿児島県の故・泉重千代さんがテレビの取材で好きな女性のタイプを聞かれ「私は甘えん坊なので、年上の女性がいいね」と答えた。さすがジョークにも年期が入っている▼別の老人、いや別の高齢者の話だが「お元気ですね」と記者の問い掛けに「私は九十歳だが虫歯が一本もない」と言い、感心している記者に「全部入れ歯です」と言って白い歯を見せて笑った▼筆者が参加した比較的高齢者の多いゴルフコンペで昼食時、レストランの同じテーブルに座った四人中三人が「食後の薬」を飲んだ。薬を飲まない筆者を見て仲間の一人が「君は薬を飲まないが病気したり、入院したりしたことはないだろう」と言う▼「そんなことはない」と答えると、どこが悪かったかと聞かれ場所にふさわしくないのでやや声を落として「痔だ」と言った▼普通はそうかで終わるところだが質問は国会の予算委員会並みで「オレも切った。ところで君は何痔か」と声が大きい。場所を考えよ、隣のテーブルまで丸聞こえだ。小声で「オレはシオジだ」と言ったら隣のテーブルのおっさんまで吹いた。この頃めっきり日が長くなった。

ロスタイム神のみぞ知る日長かな

ひとり旅

ＪＲ高齢者割引の制度（ジパング倶楽部）を利用して旅に出る▼行き先は筆者が少年時代を過ごした熊本。新大阪を11時59分のさくら555号で発ち目的の「新玉名」着が15時14分。その昔、昭和26年春高校2年になる時家族と離れ単身熊本から紀伊浦神まで延々20時間かけて来た列車の旅がうそのようだ▼旅の楽しさは非日常性にあるという。とは言えその内容は人によってさまざまだ。筆者の場合、過去の思い出の地を訪ねることに無上の喜びがある。そこには発見があり感動がある▼4月15日、堤防の桜並木の花は季（とき）を過ぎていた。かつて仰ぎ見た八幡神社の森の杉の木が台風や雷の被害で何本も折れており、注連縄（しめなわ）を張った大銀杏（おおいちょう）も上の方が切られていた。その反面戦後に植えられた中学校の桜の木が幹も太く八方に大きな枝を張っていた▼街を歩けば人影はなく犬すらも見かけない。完全なシャッター街だ。かつてあった八百屋、魚屋、アイスキャンデー屋の影もない。道路だけが立派に舗装されそこを時々車が通りぬける▼農村部へ行くとガレージ付きの新タイプの家が建ち、何軒かの家の表札にわずかに見覚えのある姓が残る。人も街も変わる中、遠くの山の姿は変わらない。旅に出て思うことは「今」の時間と家族の大切さだ。それに友情と。

葉桜や吾と酒汲む旧友（とも）三人（みたり）

東京スカイツリー

遠い東京のことだと思っていたが開業日が近づくとやはり気になるのが東京スカイツリー▼高さは634メートル。建設地の旧国名「武蔵(むさし)」＝634にちなんでの高さだと聞く。直接の目的は東京タワーと同じ電波塔だという▼しかし、観光名所としての注目度の方が高い。タワーの設計もそれを意識したもので展望台にも配慮工夫がほどこされ晴れた日には富士山も眺められ、眼下には都心から下町、川や海、山や森も見下ろせる「天空の旅」を楽しめるとのことだ▼そこで、つまらぬ話をするが、筆者の友人で10代で南紀州の故郷を離れ東京暮らし60年余、東京タワー（昭和33年完成）を建設中から毎日眺めているが一度も上ったことがない人がいる▼そんな話をしたら新宮に住む人で瀞八丁へ行ったことがない人がいた。別の人だが串本生まれの女性で大島へ渡ったことがないという高齢者も▼そんなものかと思い、何だか楽しい気分になった。そこでふと思い出したのが世界中をカメラ片手に旅する人で海の景色では大島の海金剛が一番だと言った人がいた▼人は顔が違うように感性も違う。とはいえこの黄金週間、天気が良ければ近場では大島観光はいかがだろうか。樫野からの眺めもいい。

万緑や樫野より見る牟婁の山

ドクダミの話

庭の雑草で生命力の強いのがドクダミだ▼昨年の洪水のためか庭の土が肥えているらしく今年の雑草の伸びが速いように思う。中でもドクダミはたくましく抜いても根が深くすぐまた生える▼ドクダミには独特の臭いがあるから好きではないが乾燥させて薬になるのでどこか心のすみで敬意を感じながら引いている▼このドクダミを冷蔵庫の脱臭剤として利用できることをご存知だろうか。むずかしいことではない。花を付けたドクダミを4、5本取って冷蔵庫のすみに入れておくだけでいい。副作用なしの天然ものの脱臭剤だ▼その筋の人の話によると、サルに時々草を与えると数ある雑草の中からドクダミを選んで食べるそうだ。サルはドクダミの毒消し効果を知っているのだ▼ドクダミついでに話を続けるが、ドクダミの天ぷらを食べたことがある。臭いが消えて食べやすく、第一体にいい▼話は戻るが今年は雑草の伸びが特に速いように思う。近所の人は肯定も否定もしないが私はそう思う。一、二週間もすると伸び始め一カ月で花までつける▼のどが渇いたらドクダミ脱臭効果の冷蔵庫から自家製ドクダミドリンクを取り出して飲み雑草とり作業を続けるのだが、77歳これという病気もない。近所の家もドクダミを軒に干す。

ドクダミの軒に干されて人は留守

ミニ講演

人前で話す機会を得た▼筆者は元教員。その関係で退職教員の会（東牟婁地方退職教職員協議会）の仲間の前で何か話をしてくれとの依頼があり▼何を話すか考えた。小欄を書き始めて今年で10年、そうだ、自分の書いたコラムの中からこれぞと思うものを自選して紹介しよう。そう思い実行した▼その１は平成15年８月に書いた新宮の医師、故目良湛（あつし）先生の「ダモイの哀歓」という本の紹介である。ダモイとはロシア語で帰還の意味である。シベリア抑留生活２年半を経験された先生は90年に及ぶ長い人生でこのことを最後に書き残された。筆者は講演の中で自説として人間が生きることは記憶の蓄積だとし、その記憶の中から最も強烈に残っていることを書き残す意義は大きいと言った▼その２は筆者が色川籠小学校に勤務していた昭和30年代からの話である。四年生を担任した筆者は子どもたちの社会性を養うために北海道の学校と文通を始めた。現在籠小学校は統合され、年一回元の地区民も集まって学校を会場に運動会を開いている。数年前に筆者が初参加した際会場でかつて担任だったＭ子に会う。「先生、今も続けていますよ」とは北海道との文通のことであった。これには驚いた。退職後彼女は夫と共に北国を訪れ、その相手と家族に初めて会っている。こうした話に会場から温かい拍手をいただき、講演の楽しさを改めて知った。

いつの世もこころの花はそっと咲く

梅の効能

５月20日付の小欄に一日一個梅干しを食べている筆者の習慣を書いたのに対し、読者から賛意とさらに梅の効能についてのいくつかを教えていただいた▼その１は抗菌効果。これは多くの人の知るところだが梅干しを弁当に入れるといい。その２は梅に含まれるクエン酸による疲労回復効果。加えてカルシウム吸収促進効果で骨粗しょう症の予防にもなる。その３、体内のミネラルバランスを整え血液を酸性から弱アルカリ性に変える効果があるという。動脈硬化の抑制、血圧を安定させるという▼まだまだあってとてもここに紹介しきれない。つまり梅は体にいいということだ。深く考えることなく梅を食べ続けていてよかったと改めて思った▼ただその人が付け足しに教えてくれた民間療法に二日酔いや疲労回復には梅干し茶が一番だという▼その昔、筆者が日系アメリカ人の取材で単身彼地を旅したことがある。その時、カリフォルニア州フレズノで江住出身の木村花さん宅にお世話になった。朝起きると梅干し茶が用意されていた。やや旅疲れ気味の筆者を気遣ってのことだったと思う▼もはや40年も前のこと、多くの日系人の健康を支える食品として梅干しは貴重な存在だったと想像する。その梅が身近に採れふんだんに手に入る紀州人は幸せだと思う。

ふるさとが梅の産地を誇りとす

翻訳書

本屋へ行くと世界各国の本が日本語に訳されて並んでいる▼明治以来、日本が欧米先進国と伍して各分野で活躍できたその陰には勤勉な翻訳者たちのたゆまぬ努力があったからだ▼明治時代の学徒たちはどの分野でも先進諸国の原書を読み学ばねばならなかった。それはアジアその他近代化のおくれた国の人たちも同じであった。しかし、時代が進むに従い日本にはすぐれた翻訳家たちが現れ、今日では翻訳書を手に世界の進んだ技術やその他あらゆる分野のことについて学ぶことができる。詩や小説、有名スポーツ選手の伝記なども気軽に手にすることができる▼6月26日の朝日新聞のコラム「天声人語」にブラジルのカリスマ的サッカー選手ペレの自伝の内容が紹介されてあった。ペレは少年時代は貧しく、人が捨てた服を拾って着て古い靴下を丸めたボールを蹴って遊んだことなどが書かれてあった▼この『ペレ自伝』の訳者は地元那智勝浦町出身で翻訳家でサッカーの愛好者でもある伊達淳さんである▼来年はサッカーW杯がブラジルで開催される。当然ペレのことも語られ『ペレ自伝』も広く読まれることだろう。その本の訳者が地元出身とはうれしいではないか。「天声人語」でそのことを知りあらためて誇らしく思う。

日覆（ひおおい）深く書店に並ぶ翻訳書

極楽と地獄

極楽と地獄の違いを問われ室町中期の禅僧一休はこう答えたという▼それを現代風に言うと「極楽と地獄には大きな差などない。極楽がきれいで地獄が汚いとか、そんな区別なんかまったくない。あるとすればたった一つ食事の風景が違う」と言ったそうだ▼「大きな釜の中に芋や粥が煮えていて、釜の周りに飢餓状態の人がたくさんいるとしよう。それぞれの人は１㍍もあるような長い箸を持たされていてそれで釜の中のものを食べなければならない。飢えているのでみな必死である。しかし長い箸では思うように操ることができない。極楽と地獄はそこからが違う」と言う▼「長い箸をもって自分の向かい側の人に食べさせているのが極楽で、他人のことなどお構いなしで自分だけが食べようとして何も口に入れられずもがいているのが地獄だ」と言う▼この説話、直接の出所は新宮市出身で近畿大学学長の塩﨑均先生の著書「天を敬い、人を愛し、医に生きる」からである。外科医として最先端医療に携わる一方、後進の指導にもあたって来られた先生は哲学者でもあり、合気道修業者でもあり精神面を大切にされている。自らも病魔と闘い、はっきりとした死生観を持っておられる。久し振りに良書に巡り合えた。

涼風は門を選ばず吹き抜ける

孫たち

先日孫たちが来てさんざん遊んで帰った▼普段は離れて暮らしているいとこ同士だが、親が帰省する際について来ては仲良く遊ぶ▼正月はテレビで見た箱根駅伝の真似をして頭に鉢巻きをしてもらって家の中を走り回り時々奇声を発していた▼今回は暑いので近くの農村公園で遊び、帰って来てガブガブ水を飲んでいた。遊びの続きは家の中である。間もなく3歳になる(8月が誕生日)下の男児は横浜から大切に持って来た怪獣で遊び出した。二頭の怪獣がそれぞれセリフ入りで戦うのだ。それを見て広島の5歳の男児が邪魔をする。一方の怪獣に味方して相手の怪獣に自分でパンチを入れたり蹴ったりした▼それに対し下の子は敢然(かんぜん)と抗議した。「そんなことをしたらかわいそうだよ!」上の子は邪魔をやめない。さらに相手の怪獣に蹴りを入れると「けっとばしたりしたらかわいそうだよ!」毅然とした態度で言いきり、その眼には正義を守る者の輝きがある▼さすがに邪魔者は退散した。しばらくして台所の方で声がする。「そんなことをしたらかわいそうだよ」下の子の声ではない。さっき退散した上の子の声だ。台所では母たちが魚の腹に包丁を入れていた▼「そんなことをしたらかわいそうだよ」いじめに対してこの声が子どもたち自身から上がる環境づくりが学校教育でも大切なことだと思う。

孫去りて縁側で聞く遠花火

避暑地で

先日、遠出したついでに信州白樺湖を訪れる。思えば20年振りである▼20年前のにぎわいはなく比較的人の数は少ないが、それでも家族連れや高齢者らのグループが目に付く。駐車場に並ぶ車のナンバープレートは中部地方の他、関東、関西、遠く東北や四国、九州のナンバーの車もあった▼白樺湖のほとりにはその名にふさわしく白樺の木が立ち並び折からの風に薄緑の葉を揺らしていた。コスモスの花も見られ、涼しい▼テレビの気象情報では各地の異常高温が告げられる中、20度前半の高原は確かに避暑地にふさわしい。そんな中でも日向（ひなた）の日差しはきつい。しかし空気が乾燥しているせいか皮膚はさらさらで気持ちいい▼白樺湖に来る途中、蓼科（たてしな）の道沿いに建つ「無藝荘」へ立ち寄った。映画全盛期の巨匠小津安二郎と脚本家野田高梧二人の有縁の地としてこの地は有名だが核となるものが分散していた。最近茅野（ちの）市がそれを一カ所に集め家を移築し「無藝荘」と称し（小津安二郎記念館）一般公開し、前庭に二人の「有縁の碑」が建つ。館内には資料が並び、「東京物語」を映していた▼宿は白樺湖のほとりにとった。予約なしで泊まれた。夕食時、レストランで背中合わせに座っていた人に声を掛けられた。新宮のＳさん家族６人がそこにいた。まさかまさかの偶然に驚き共に喜んだ。

偶然の出会いに歓喜避暑の宿

浦神小学校

那智勝浦町立浦神小学校が来年3月末をもって閉校する（本紙9月14日付）▼明治9年の開校以来136年の歴史に幕を下ろし、隣の下里小学校と統合し、児童はスクールバスで通学することになる。現在の児童数は13人、来年度は9人になるとのことだ▼「竜宮かとも見ゆるまで／入江に高くそびえたち／ガラスに日ざし輝きて／よき窓多くならびたり／われらが浦神小学校」昭和29年制定の同校の校歌で、作詞は文豪の佐藤春夫▼「海に向いて学ぶ子の／心は広き海に似て／明るく強く大らかに／楽しき町をつくるなり／われらは浦神小学生」▼戦後の昭和24年にはピークの339人を数えた同校の児童数だが、その後も一定の数を維持していたものの、少子化の波はこの地にも及び伝統ある歴史を閉じることになった▼明治期に湾の奥深く島に建てられた学校へは、湾を隔てて東西両地区とも渡し船で登校したそうだが、やがて西地区からは細い道ができ、戦後やや広い範囲で埋め立てられた。しかしその後も東地区からは長く渡し船での通学が続いた▼「海に向いて学ぶ子の」と校歌にうたうように、本校の卒業生の多くは海に海外にと活躍の場を求め、たくさんの成功者を出している▼閉校は寂しいが、子どもたちには未来がある。明るく強くおおらかに成長してほしい。

天高く子らには広き未来（あす）がある

国際化

大相撲の番付表を見ながらふと思った▼十代の後半で入門した力士たちは早ければ二十代前半で頂点の横綱まで上りつめる。年齢の高い力士でもせいぜい三十代後半である。つまり新陳代謝の速い世界だ▼番付表を見るまでもなく幕内力士、それも上位の力士はほとんどが外国人である。小錦や曙、武蔵丸の時代はまだ珍しいと感じていた外国人力士だが、現在では大相撲界を支えているのは彼らだと言っても過言ではない▼地元を含め日本の各地を歩けば必ずと言っていいほど外国人顔の人に会う。そうした人たちのほとんどが現在は日本の労働力不足を補う力となっている▼しかし、言葉の壁を乗り越えれば日本人の中に溶け込んで別の分野の仕事に従事するようになることだろう▼筆者の知人の息子は中国人女性と結婚し子どももいる。東洋人に限らず外国人と結婚している男女は珍しくない▼現在、日本は中国や韓国と政治的には微妙な関係にある。しかし、時代の流れは速く、今や急流となっており、あらゆる分野でのグローバル化は加速化している▼三十年後、五十年後、その後を思う時、どの分野でも多少の差はあれ現在の大相撲界を思わせるような情況が来ているかもしれない。

風は秋野に咲く花は外来種

2012年11月４日

あるドイツ人の話

今から半世紀も前の話だが、当時筆者は旧本宮町の四村川中学校に勤めていた▼ある日のこと、湯の峰温泉に行き、近くを散歩していたら山の方から一人の外国人が歩いて来た。英語で話しかけたら「何ですか」と日本語が返ってきた▼その人はアレックス・レーヴィンというドイツ人で日本文学を研究するミュンスター大学の先生だった。聞けば本宮の郵便局まで（片道40分）歩いてハガキを出しに行ったという。郵便局なら湯の峰にもあったのにと言うと「わたしは歩くのが好きです」とあっさり答え、ヨーロッパ人は歩くのが好きですよと言った▼その後話がはずみ、明くる日湯の峰からさらに奥地で平家伝説の残る平治川地区へ案内することになった。当日は秋晴れ、山道を歩くこと約１時間、途中遠回りして小学校の久保野分校（山の上に建つ）に立ち寄り児童らの前で短い話をしていただく▼平治川では滝を見て、その後地元に残る伝説と民謡を地元の久保さんから聞いた。レーヴィン先生いたく感動し民謡の歌詞を書きとっておられた▼帰路、先生山道で足を滑らせ尻餅をつき、口をついて出た「鵯越（ひよどりごえ）の逆落し」には参った。一度絵ハガキを戴いたがその後のことは不明。今、平治川地区は無住地。

昔日のあれこれ思う夜長かな

2012年11月25日

いい夫婦

11月22日は語呂合わせで「いい夫婦の日」だという▼16日に衆議院が解散し世間の話題が選挙一色の中、「いい夫婦の日」がここにあってほっとした思いだ▼この際自分のことは棚に上げ友人知人で「いい夫婦」はいないかと見渡したが思い当たらない。そもそもいい夫婦とはどんな夫婦なのか考えたこともなかった▼とりあえず「仲の良い夫婦」がそれに当たるのだろうが、特別の努力なしで正真正銘の仲良し夫婦がいたとすればそれはいい夫婦に違いない。しかし、筆者の知る限り争いのない夫婦はどちらかが、もしくは両方が我慢していることが多い▼逆に夫婦げんかが日常茶飯事の一見仲の良くない夫婦でも時折肩を並べて外出している後ろ姿など見るとこれはいい夫婦だと思う▼思い付いて結婚にまつわる金言集に目を通してみた。シャルドンスという人は「愛する人と暮らすには一つの秘訣（ひけつ）がいる。すなわち相手を変えようとしてはいけない」と言い、また、チェーホフは「結婚生活でいちばん大切なものは忍耐である」と言っている▼読むほどに夫婦の本質が見えてきた。特別な考えもなく目立つこともなく暮らしている世間一般の夫婦が実は「いい夫婦」そのものだと言える。国会議員も目立つ人ほど危険をはらむ。

寄り添うて冬の海見る夫婦かな

2012年12月9日

ＴＰＰ問題

今回の衆院選の争点の一つにＴＰＰへの参加問題がある▼ＴＰＰ（環太平洋戦略的経済連携協定）とは、その参加国間にあって鉱工業品や農産物などの関税がほぼ例外なくゼロになるほか、外資、外国人労働者などの受け入れも規制できなくするという協定らしい▼技術力が高く、その上外国からの安い労働力が規制もなく入ってくれば国内で安い製品を生産し関税のない外国市場へストレートで売り込むことができる。それは日本の企業にとって確かにプラスになる。そうした企業と直接、間接に利害を共にする者は主に都市に住む▼一方、現在米、小豆、麦などの農産物、畜産関係の生産者など高い関税で保護されている側はもはや、壊滅的打撃を受けることは明らかだ。この種の生産者と利害を共にする者の多くは主に地方農村に住む▼ＴＰＰへの参加問題を都市部対農村部と対立的に考えるのは正しくはないが、それぞれの地域選出議員は自分の選挙区のことだけではなく広く日本の実態を理解してほしい▼農山漁村に住む者は単なる職業人ではなく、それぞれの地域に受け継がれてきた祭りなどの伝統文化の継承者でもあるのだ。市場原理主義はアメリカと違いこの日本ではかなりの抑制が必要だ。

収穫を終え寄り合うて笛稽古

殿堂入り

「日本自動車殿堂」をご存じだろうか▼殿堂入りと聞けば野球やゴルフ界のことを想起するが、長い人類の歴史の中で科学技術の発達により自動車の発明を見る。かつて自動車は公共交通機関と荷物運送用、一部富裕層の自家用ではあったが広く大衆が利用愛用するものではなかった▼それが今や道路網の整備もあって自動車は広く普及し、「自動車時代」の到来である。この日本の自動車時代を支え築き上げた陰には多くの先人たちの努力があった▼NPO・日本自動車殿堂の設立は2001（平成13）年である。「日本における自動車産業・学術・文化など発展に寄与し豊かな自動車社会の構築に貢献した人々の偉業を讃（たた）え殿堂入りとして顕彰し永く後世に伝承してゆくことを主な活動とする」とは同殿堂設立の理念である▼さて、2001年の第一回殿堂入りだがそのトップが豊田喜一郎、続いて本田宗一郎、藤沢武夫、石橋正二郎、簗瀬次郎、平尾収の六氏である。紙幅の関係で詳しい人物の紹介はできないが、いずれも日本の自動車時代の黎明（れいめい）期を支えた著名人であり苦労人である▼その本年度の殿堂入り四名の中に那智勝浦町浦神出身、塩地茂生氏（尾久自動車学校元会長、87歳）の名を見る（http://www.jahfa.jp)。年の瀬安全運転に心掛けよう。

家族ごと車時代の帰省かな

2013年１月20日

偶然の出会い

誰もが経験していることだろうが人にはいろいろな偶然の出会いがある▼最近の話だが、津市に住むゴルフ好きの知人のA氏がある日練習場（打ちっ放し）でボールを打っていたら若い人の打ったボールと偶然空中でカチン！と当たったという。大勢が打っているのだからたいして珍しいことではないと思うが、これが案外めったにないことらしい。割合すいていたので二人は顔を見合わせて言葉を交わしその偶然を笑ったという▼ここまでのことなら紹介するまでもないのだがこれには続きがある。その後何日かしてA氏の娘が結婚を考えている相手の男性を家に連れて来てびっくり。何と、その男性がゴルフの練習場でボールごっつんこした相手だったという。聞くほどに楽しい話だ▼かなり古い話で恐縮だが、筆者の父は明治27年生まれで串本にあった水産講習所の出身で当初水産会社に勤めるが、後に資格を得て神戸に本社のある船会社の外国航路の船乗りになる。やがて東京で結婚し筆者が生まれる。昭和19年、わが家族は母の郷里の熊本に疎開しそこで終戦。筆者はその地で高校へ進みバスケット部に所属する。何と、そのバスケット部の顧問の先生が佐賀県出身で父上が外国航路の船の船長で筆者の父と同じ船に乗っていたのだ。偶然ってかなり面白い。

梅咲くや手帳に遺（のこ）る父の文字

機（き）・度（ど）・間（ま）

武道家の講話の中で武道では「機・度・間」が大切だとあった▼機とは「機を見るに敏」などという時に使う機で技（わざ）を掛けるタイミングを意味する。度は程度、度合である。不必要な力や動きの速さは自分を危険にさらすおそれがあり、時には相手にケガを負わせる。間とは間合いで距離や時間を意味する間である▼聞いていてこれは武道だけではなく他のスポーツにも通じる教えだと思い、さらに日常生活やビジネスでも役に立つと思った▼身近なことでは花壇の肥料や水やりもタイミングが必要だ。大きくは国際問題や国の経済政策も機を失すると良くない結果を招く▼その他世間の交渉ごとも強弱の度合が妙味だ。メディアの取材も相手の立場や気持ちを考えて一定の間を置くべきである▼話は飛ぶが2月11日は建国記念の日だ。戦前、戦中は神武天皇即位の日、「紀元節」として祝った。紀元節の制定は明治5（1872）年で昭和20（1945）年まで続けられた。その間、おおかたの日本人は国の政策に素直に従い苦難の日々を越えて今日の平和を得た。しかし、犠牲も大きかった。国の舵（かじ）取りにも機・度・間は大切だ。

厳（おごそ）かな不戦の歴史梅真白

2013年３月10日

友情

三月は卒業の月である▼卒業とは日々親しんで通い慣れた学舎（まなびや）を去り友と別れる日でもある。昨日も今日も共に肩を並べて通った友人とも進路が違えば明日からは会えない▼「卒業の辻の別れが別れにて」とは誰の句か記憶にないが日々共に通った学校を卒業し、いつものようにいつもの辻で別れたその友とそれが最後の別れとなってしまったというのだ▼今の時代でもそういうことはあるだろうが、この句が戦時中の学生の句だとしたら胸にずしりと来る。学徒出陣という言葉を知る人も少なくなった時代だが、戦時中多くの若者が戦火に散った。そうしたことにも思いをめぐらす句である▼友情で思い出すのが「管鮑（かんぽう）の交（まじわ）り」という中国「史記」の故事だ。管とは斉（せい）の国の名宰相管仲（かんちゅう）のことで「鮑」もやはり重臣の鮑叔（ほうしゅく）という人の名だ。この二人の友情は厚く、管仲は鮑叔の友情について「昔、私が経済的につらかった頃、一緒に商売をした時は分け前を余分にくれたし、仕事で失敗した時も無能呼ばわりせず時節に恵まれなかったと言い、戦場から逃げ帰った時も臆病者とは言わず家に老母がいるからだと言ってくれた」というのだ▼人生、友情にまさる宝はない。

春の夜の友の電話はエンドレス

趣味の人

どういうものか初対面の人とも気が合って話がはずみ自宅へ招かれることがある▼先日も自動車運転免許証の更新前の高齢者講習の会場で会った人と気が合って、よろしかったら家に来ませんかということになり昨日その人の家に行ってきた▼玄関で筆者を待ち受けていたその人は「2年前に家内が亡くなって、ご覧のとおり掃除もできてなくて」と言いながら目的の2階へ▼なんと、想像はしていたが和室なら8畳ほどの広さの部屋全体が鉄道模型のレールが敷設された模型の大自然なのだ。遠景の山や雲が浮かぶ空こそパネルだが、内部の山や川、平野や牧場、街の家並み、駅舎も手作りの模型でそこには小さな人や馬や犬もいる▼筆者の到着を機に列車が動きだした。近鉄電車だ。駅を出ると踏切でランプが点滅。郊外へ出ると鉄橋、トンネルもある▼筆者を誘(いざな)いしその人は当年86歳。矍鑠(かくしゃく)として少年の目の輝きだ。模型にもいろいろあると思うがこの人の場合、設計図の入手から始まり自宅に小型の旋盤機を据えての部品作りからだ▼待機している車両は新幹線にD51の蒸気機関車、旧満州鉄道の車両や京都の市電も。陳列棚も合わせると200両以上はある▼言葉を失って天井を見上げたらエンジンで飛ぶ模型飛行機が十数機糸でつるしてあった。まじまじと顔を見る筆者に「困ったもんです。なかなか死ねません」とその人にっこり。

春の野をD51(デゴイチ)疾走笛鳴らす

子牛の帰る家

古い新聞の切り抜き（日経・平成22年6月1日）「私の履歴書」①にオービック会長兼社長の野田順弘(まさひろ)氏が標題のタイトルでこんな文章を書いていた▼「春の朝がまだ明けやらぬころ、激しい物音と牛の啼(な)き声で目が覚めた」の書き出しで当時農家を営む野田氏幼少時の家でのこと、「前日に父が競りにかけた子牛が、買われていった農家の小屋から抜け出し、12キロもの道をたどって戻っていた」とある▼昭和13年生まれの野田氏は奈良県の山間部、当時の宇陀郡室生村の出身とあるから氏の幼少時のことになると道路は未舗装、自動車が走るような時代でもない。とはいえ生後5カ月か6カ月ほどの子牛が夜道をどんなふうに帰って来たものか▼「匂(にお)いをたどったか、母牛の声に導かれたか、子牛が生まれ育った小屋の前にいたのには驚いた」と書いてあったが、動物の世界とはいえ母子の絆の強さに驚く▼目を転じて平成日本の人間界の様子はどうだろう。明けても暮れても外来思想の妙なスローガンを交えて政治や経済が動き人々の安らぐいとまがない▼経済効率優先の考え方は人々の心から潤(うるお)いをうばう。街や村に子どもの声があふれていた時代は健全であった。少子化は国を滅ぼす。国家百年の計が必要だ。たとえ牛の歩みでも。

春の夜や牛に三里の道遠し

再会

４月21日。約束の時間は午後２時、場所は古座川町高池のスーパー前▼車から降りると１、２、３人。56年ぶりの再会である。そして、その後２人。昭和30年代の古座中学校樫山分校の生徒たちと教師であった筆者との再会である▼その年の９月に採用された筆者は太田小匠のダム現場から林道を歩いた。初めての道なので本校の川口教頭に同行していただいた。途中、色川高野へ行く分かれ道近くで出迎えの生徒（全員）と小学校の先生、区長さんと会う▼山道での新任式で筆者の教員生活が始まった。昭和30年代の初めごろ樫山へ入る道は水害で寸断されていた。電灯もなかった。それでも平家落人の里でも知られる樫山には旧来から住む人が村を守り、加えて近くの開拓地や山に住む製炭業の人もいて分校の生徒は中学校だけでも14人いた▼その時の３年生の集まりがこの再会となった。懐かしさとうれしさでその思いは言葉にならない。その日落ち着いた場所は元分校の学区で唯一残る民家とも言える楠地区のＵ君の家。広く柚子園を営む彼。その奥さんも分校出身だ▼歓談は時の過ぎるのを忘れさせた。それぞれの顔に刻まれた皺は人生を物語る。しかし、誰一人愚痴をこぼす者はいない。こんな素晴らしい再会があるのだ。生きていてよかった。幸せだった。

目閉じれば分校の庭蝶が舞う

右肩上（みぎかたあがり）

「右肩上」と一言っても昨今の株式相場の話ではない▼現在国技館で開かれている夏場所大相撲の力士の四股名（しこな）だ。山口県出身で大嶽部屋所属の25歳で幕下30枚目。先場所までの成績は１９３勝１７８敗と一応成績も右肩上がりで安心した。それにしても変わった四股名だ▼伊勢ノ海部屋に「四ッ車大八」という三段目の力士がいる。日本人力士の場合、四股名は特別に付けるが下の名は本名が一般的だ。しかしこの力士は本名「山影誠」とは関係なく四股名の「四ッ車」に合わせて下に「大八」と付けた。昔の大八車と掛けて洒落（しゃれ）たのだろう▼逆に本名の下の名をそのまま四股名にした力士もいる。若手の19歳がその人で、本名が「伊藤爆羅騎（ばらき）」で四股名が「爆羅騎」。先場所デビューし序の口で優勝し注目を浴び、今場所は序二段で取っている▼外国人力士で北の湖部屋にロシア出身の「大露羅（おおろら）」がいる。北極圏の空に見られるオーロラからきたのだろうが響きのきれいな四股名だ。現役最重量の２６４キロで三段目。本名の「ミハハノフ・アナトーリ・ワレリエチェ」で出られたら呼び出しや行司泣かせだ▼和歌山県出身には木村山がいるが、本名木村守でこれまたあっさりした欲のない四股名だ。こう見てくると大相撲には土俵外にも人間模様があり奥の深い面白さがある。その人気も右肩上がりであればいいが。

両国に櫓太鼓（やぐら）の五月かな

大相撲

スポーツの世界でプロとアマの差が歴然としているのは相撲界だと思う▼大学や社会人として全日本クラスで活躍した選手もプロの幕内力士とはとても勝負にならない。野球やゴルフの世界で新人選手がいきなり大活躍をするのと比べると極めて厳しい▼そんな中、日大出身で今年3月場所で初土俵（幕下10枚目格）でいきなり5勝2敗（幕下以下は1場所7戦）で勝ち越し、5月場所を東幕下3枚目で5勝2敗。運もついていたと本人もびっくりのスピード出世を果たした力士がいる▼7月名古屋場所で新十両に昇進した遠藤聖大（しょうた）（追手風部屋・22歳）がその人である。日大時代に11個のタイトルを取った実力派で大成が期待されている▼もう一人、アフリカ大陸出身で初の関取（十両以上）となった大砂嵐金太郎（大嶽部屋・21歳）がいる。平成24年3月初土俵の努力家、先場所7戦全勝での昇進だ。今や大相撲に国境はない。政情不安の母国エジプトのことも気掛かりだろうが活躍してほしい▼こうした力士たちがいる一方、出羽の郷（東三段目40枚目・43歳）や華吹（はなかぜ）（西序二段71枚目・43歳）北斗龍（東序二段92枚目・43歳）ら下位でがんばっているベテラン力士らの存在も忘れてはならない。世の中全て頂点だけでは成り立たない。

白雪の富士を支える大裾野

幼なじみ

この季節、北海道の友人から毎年メロンが送られてくる▼その友人とは戦前、筆者が幼少時に住んでいた東京五反田の近所の幼馴染(なじみ)で、学校では同級生でもあるT君である。彼は昭和９年４月生まれで筆者は10年３月生まれなので就学前も就学後も何をやっても向こうが先輩格であった▼昭和16年12月に始まった戦争は激しさを増し、昭和19年（終戦の前年）から学童疎開が始まった。親戚がある者はそこをたより、ない者は学校単位で比較的安全な地方の農山村などへ集団疎開した▼筆者はたびたび小欄にも書いている通り熊本の母の郷里の農村へ移り住み、彼は東京西多摩郡の奥地へ集団疎開した。４年生であった。昭和20年の東京大空襲で筆者の家も彼の家も学校も焼けてしまい、筆者らの再会は戦後50年を経た平成になってからであった▼所用で上京した際、懐かしさもあって五反田駅で降り、もと住んでいた家のあったあたりを歩いていたら声を掛けられた。偶然その人は１級上で近所にいたK君であった▼K君のはからいで札幌の友とつながり１週間後再上京し酒を汲(く)み交わす幸せを得た。東京五反田と言っても筆者らが住んでいた戦前の町は近所に浪曲師「相模太郎」がいたり提(ちょう)灯(ちん)屋があったりの庶民の町であった。先年K君が亡くなり幼馴染は北海道の彼１人になってしまった。

遠き日の友しのばせるメロンかな

僕の終戦①

1年365日、それぞれ意味を持つが8月15日ほど深い意味を持つ1日はない▼昭和20年8月15日、僕は国民学校（小学校）の5年生だった。その日は休みで家にいると近所の人たちがなにやらさわいでいる。道路から少し高い位置にあった僕の家には世間の情報があまり入ってこない。あいにくラジオは故障しており父が下におりて行き終戦を知った▼信じられなかった。その時、学校には兵隊が駐屯しており僕らはそれぞれの地域のお寺や集会所で授業を受けていた。あくる日そのお寺へ行くと境内に全員集められ主任の女の先生から事実が伝えられ家に帰された。数日後僕らは学校の講堂で校長先生の無念をうったえる話を聞いた。不敗を信じていた日本が負けた。神国日本が負けた。国民学校入学以来教えられてきたものは何だったのか▼今まで信じて疑わなかったものが一気に崩れ去ったのがこの敗戦であった。9月新学期が始まり最初にやったのは教科書の墨塗りだった。教師の指示に従い進駐軍に目をつけられそうな好戦的な内容を真っ黒く塗りつぶした▼米軍機が低空で校舎をかすめて飛びそれを見た子が隣のクラスの教師に殴られた。担任は黙っていた。疎開の子は次々都会へ帰り、引揚者の子が転入してきた。混乱期である。僕の家族は5年後紀州に引っ越した。戦後68年、心の傷はいまだに残る。

黒揚羽風に吹かれて敗戦忌

僕の終戦②

昭和20年8月9日、長崎に原爆が落とされた▼僕は疎開先の熊本から西の空、雲仙岳の上にあがったキノコ雲を見た。白い落下傘のような形の大きな雲が突然夏空に現れた。雲の中に薄い赤や黄色や青い線が見えた。6日の広島につぐ投下である。そして15日に終戦を迎える▼家の近くに練習機の飛行場があり連日艦載機グラマンの空襲を受けていたがその日を境にそれはなくなった。特攻隊の訓練を受けていたMさんが故郷に帰り、学校に駐屯していた兵隊たちも去り日々終戦を実感させられた。近所に兵役を解かれた（復員）人たちが次々帰ってきた。その人たちにもらった戦闘帽や雑のう（肩かけカバン）が学校で人気を集めた▼ある日のこと、飛行場に進駐軍が来るので飛行機を解体するとの噂(うわさ)が流れ僕らは勇んで部品を取りに行った。大人たちも来ていた。あくる日学校へ行くと飛行場へ行った者全員が先生にブン殴られ部品を返しに行かされた▼国中が民主国家建設を叫んでいた。そんな時期だったが物資不足、食糧不足の時代、たまに汽車に乗ると買い出し（食糧を求めて農村に来る人）や担ぎ屋（闇物資を運ぶ人）であふれ乗り降りは窓からというのも珍しくなかった▼東京の家は焼け、終戦の前年母が亡くなっており父と二人なんとか生きていた。父はよく故郷紀州の自慢話をしていた。やがて僕は6年生になる。

生も死もなりゆきにして敗戦忌

僕の終戦③

昭和21年、終戦の翌年僕らは6年生になった▼4月のある日、中学校へ進学する者が特別に集められ校長先生からしっかり勉強するように激励された。しかし、その集まりもそれ1回で終わった。翌年の卒業生からは教育改革により全員3年間の義務教育の中学校（新制中学校）へ行くことになった。なんだか拍子抜けしてその後ろくに勉強もせずよく遊んだ▼翌年4月、僕らは全員自然に中学生になった。制服も制帽もなく通う学校も元の校舎だ。前の年の11月に新しく発布された憲法がその年の5月から施行するとかで「新しい憲法」という冊子が配られた。天皇は象徴で、主権は国民にあって、日本は武器を持たない平和国家になるのだと先生が説明した▼野球がはやり始め布でつくった手製のボールとバットで僕らは夢中で遊んだ。落ち着いて勉強できる環境ではなかった▼国も人々も貧しい時代で、父はあれこれ仕事をしていたがうまくいかず折に触れて故郷紀州へ帰る話をした。そして終戦5年後小さな家であったがそれを処分して浦神の生家に帰った。歳も60に近く心身共に疲れていたのだろう▼僕は高校2年、東京で生まれ熊本に疎開し母が死に終戦を迎え5年後に病む父と共に父の郷里に移り住み2年後に父を見送った。人生とは前世からの定めと言うが戦争がなかったらと最近になって思う。

鱗雲（うろこ）山の向こうも鱗雲

滝の拝

秋の観光シーズンである▼伊勢参りの余波か三重県側高速道路の整備が進んだためかこのところ観光バスや他府県ナンバーの車が多く目に付く▼観光スポットにランク付けは不要と思うが熊野三山や瀞八丁、那智の滝と競うほどのスケールではないが清流で知られる古座川の支流「小川」の滝の拝は一度訪れる価値があると思う▼河床全体が白いごつごつとした奇岩でできておりその岩に大小さまざまな丸い穴が無数あいている。それだけでも一見の価値があると思うが川中に落差8メートルの美しい滝がある▼古座川沿いには人気スポット「一枚岩」がある。近くの道の駅「鹿鳴館」の窓から投網(とあみ)で鮎をとる名人芸を見た▼そこで茶を飲みながらふと思った。熊野各地には奇岩巨石は珍しくない。先人たちはそこに神秘性を感じ、いつしか熊野は信仰の地となった。しかしこの時代の観光案内として、昔ながらの民話や伝説、歴史秘話で終わっては物足りないように思う。若い世代の科学的な好奇心を満たすような地質学的な説明がもっとあってもいいように思う▼話はもどるが以前小欄で海の最絶景地点として大島の「海金剛」を紹介したが古座川を訪れたら一枚岩と共に「滝の拝」をお薦めしたい。土日は道の駅も開く。

落鮎を狙う投網師しのび足

Yからの電話

Yからの電話は「おい塩地」から始まる▼もしもしでもなければ塩地さんですかでもない。いきなり人の名を呼び「元気か」と言う。元気だと答えると「いいなあ」と言い高校時代の友の近況など尋ね病気や不幸を伝えると「そうか」と声を落としその友との思い出を熱く語ったりした▼「おい塩地、むかしオレがスクーターで色川の籠小学校へ行ったの覚えとるか」Yの家は天満の医院で当時籠小学校で腹を減らして勤めていた筆者になにやかや食い物など持って会いに来たのだ。「うん覚えとる、あの後確か浦神へ行ったなあ」口色川から太田下里経由でスクーターに二人乗りして筆者の実家のあった浦神へ行きそこで親戚に船を出してもらって沖を遊回したのだ。「あの後帰りに途中でガソリンが切れて…」この話を二人で何度交わしたことか▼彼は若くして山梨県石和のホテルを任され総支配人として長く勤め退職後も彼地に留まった。支配人時代から筆者は何度も彼を訪ねた▼6月のある朝「おい塩地、オレ入院する会いに来いよ」闘病生活の長い彼からである。6月21日意を決して早朝電車を乗り継ぎ石和へ行くとYはベッドに起き上がり筆者の手を握り着いたばかりの筆者に「おい塩地ゆっくりして行けよ」と言う。明くる日顔を見て多少安堵（あんど）して帰ったのだが7月1日訃報が入った。Yからの電話はもう来ない。

友は亡く笛吹川に鴨遊ぶ

歩こう会

先日集団で歩く会に参加した▼息子の住む町の町内会の企画で毎年秋に実施しているそうで、今年は片道6キロの平たん路を往復した。参加者の資格は問わず老若男女年齢も関係ない。朝8時半に集合し準備体操と行程の説明と諸注意があり9時前に出発した▼筆者は今までひとりで歩いていたので集団で歩く楽しさを知らなかった。それが今回の体験で大きく考えが変わった。参加者の構成メンバーによるのかもしれないが、今回のが町内会の「歩こう会」で高齢者、家族連れ、幼稚園児、小学生、中学生、高校生、一般人が日ごろの枠組みから外れ家族や近所その他いろいろな仲間でおしゃべりしながら歩くのだからこれは楽しい。子どもの頃の遠足が楽しかったことを思い出した▼なにも夏目漱石の『草枕』のように歩きながら詩や絵や人生について考えるわけでもなく、松尾芭蕉のように後世に残るような俳句を作るわけでもない。しょせんは凡人、同じ歩くのなら機会を作ってみんなで適当にしゃべりながら歩いた方が精神の健康にもいいように思う▼この会に参加して女性と子どもの強いのにあらためて感心した。いちばん駄目なのは普段偉そうにしているオヤジたちだ。参加者150人。新しい友達もできた。昼の弁当がおいしかった。

秋晴れや古墳に憩う鳥と人

デューク更家

11月17日（日）平凡な朝を迎える▼その日の予定で、夕刻新宮でデューク更家（本名更家拓也）との対談があり無精ヒゲもみっともないと思いヒゲをそりながら午後の熊野川中学校であるウオーキングレッスンにも行く気になる▼駐車場に車を止め会場前に行くと間もなく更家を乗せた車が着く。車から降りた彼は「先生、久しぶり」と筆者に握手を求める▼午後2時、体育館で約150人が遠来の彼を拍手で迎える。田岡市長のあいさつに続きレッスンが始まった。最初の準備体操で発想の転換が求められ、やがて本題のウオーキングへ。不思議なものでしばらくすると老若男女、子どもたちもみんな背筋を伸ばしてきれいに歩いていた▼人は誰でも教えられなくても自然に歩ける。しかし、骨や筋肉、脳に及ぼす効果や影響まで考えは及ばない。彼のウオークが単に美しく歩くファッション的なものを越え健康ウオークとして広く支持されていることを知りあらためて感心した▼夕刻、彼との対談。その昔、緑丘中学校で部活のバスケットを教えたのが彼との縁だ。中学校を卒業した彼は国体の強化選手の一人として和歌山北高へ進学する。それが人生の大きな転機となり今日に続くとして折に触れその道をすすめた筆者へ謝意を表明してくれる▼夜は彼と彼を囲む同級生たちと会う。ほとんどが中学卒業以来の再会で感激した。人生にはこんな1日もある。

秋の夜を更家拓也と酒を汲む

子どもの名前

何が困るといって最近の子どもの名前の読み方ほど悩ましいものはない▼一字一字の漢字は読めてもその通り読ませてはもらえない。子どもの名前にも流行があって時代によってそれなりに変化はあった。明治大正それ以前の女子の名は「はる」や「かよ」などかな書き表記が一般的で、呼ぶ時は「おはる」「おかよ」と呼んでいたようだ（時代劇）。昭和になって「節子」や「博江」と子や江が付く名がはやり、その後「小百合」や「千夏」といった子や江の付かない名前になる▼男子の名前にも流行はあるが世襲制もあり昭和平成の今でも「左衛門」や「右衛門」の付く本名の人がいる。「翔」や「馬」などアニメからとったような名前はかっこいい。知人の孫の名は「源太郎」で別の家には「元気」や「大空」という名の子もいる。ちなみに筆者の末の孫の名は「航平」である▼話は変わるが今年もあと半月、内外ともいろいろあったが個人的には比較的穏やかに過ごせた。春ごろから毎朝家の前の電線のほとんど同じ位置にモズが1羽来ており今朝もいた。宮本武蔵にモズの絵があったので筆者は勝手に「ムサシ」と名付けているが今朝はそのムサシが1羽のカラスと並んでいた。物好きの筆者といえどもカラスの顔は見分けがつかない。従って名前は付けていない。

何事もなき十二月八日かな

分校の子どもたち

今年を振り返り元教員の筆者にとって最も感動したことは教員として最初に教えた樫山分校のかつての生徒たちとの五十数年振りの再会であった▼それは一通の手紙から始まった。春のある日わが家に一通の手紙が届いた。以前筆者が小欄の末尾に書いた「年ごとに賀状でつなぐ絆かな」の句を読んだ別の元生徒の発案から何人かの相談を経て筆者への手紙になったという▼昭和30年の9月に筆者は古座中学校樫山分校に赴任した。学区は樫山も他の集落も無電燈で道は車が入れない山道だけだった。中学校の生徒数は全校で14人、教師は筆者一人▼校舎は一棟で教室は小学校と隣接した一教室だけ、始業の合図は拍子木だった。この再会、小欄に一度書いたことだが年の瀬一年を振り返りあらためて強く思われる▼戦後十年、まだ人びとが生きることに懸命な時代だった。元生徒たちはそれぞれ当時を振り返る。早朝5時に起き小匠まで片道1時間の山道を炭を運び帰ってから登校したことや何人もの生徒が母のいない家庭であったことや遠足で那智へ行き楽しかったことなど次から次へ話は尽きなかった▼目の前にいるのは高齢者たちだが筆者の目にはどの顔もかつて分校の運動場や教室にいたあの頃の子どもたちの姿となって浮かび聞くほどに自然に涙腺が緩んだ。

秋草や分校ここにありにけり

2014年1月5日

水に学ぶ

老子に「上善は水の如し」という言葉がある▼上善とは最も理想的な生き方を意味する。人生にはいろいろな生き方がありどう生きるかはそれぞれの自由だが基本的な考えや目標がないと道に迷うことになる▼人生の理想的な生き方として「水を見習え」と老子は説いた。筆者が少年時代に受けた教育は何事も目標を高くし最大限努力すれば必ず結果はついてくるというものだった。ところが現実はどうだろう。教えどおりに理想を高くし努力してその目標を達成し理想の人生を送っている人は極めてまれでおおかたは適当に妥協して後は惰性で生きているようだ▼それでも前を向いて何らかの努力を続けそれなりに充実した人生を送っている人は立派だと思う。何もかもが中途半端で世間を斜(はす)に見てやたらと人や世間を批判して暮らす人もいるがそれでは人生もったいない▼老子の説く水の特徴は①「柔軟性（器に従う）」②「謙虚さ（低位置）」③内に秘めた強いエネルギー（いざともなれば岩をも砕く強さをもつが日頃は穏やか）というのだ▼人生何かと苦労の多いことだがどこかで老子の教えに従い水の位置に身を置く試みもあっていいように思う。古来わが国には水信仰があり滝には神が宿る。

滝拝み耳新しく街に出づ

アメリカの日系人

アメリカで暮らす紀伊半島出身者は多い▼かつて思うことあって春休みにカリフォルニアの教育や日系人の暮らしを調べたいと役所に願い出た。当時筆者は現役の中学校の教師であり個人視察は認められないとのことで年休を取って行った▼訪れた場所はサンフランシスコ、新宮市の姉妹都市であるサンタクルーズ、サンノゼ、中部カリフォルニアのフレズノ、最後にロサンゼルスである▼サンフランシスコではファーストカリフォルニアバンクのビルの最上階にある日系人の歴史資料室で室長さん（日系人）から説明を受けた。戦前は東洋人に対する無理解からさまざまな形で不当な処遇を受けたこと、戦中は開戦と同時に日系人はすべてキャンプ（収容所）生活を強いられたこと、戦時中キャンプから日系二世たちが米軍に志願してヨーロッパ戦線で活躍したこと、その他日系人の歩んだ足跡を写真を前にリアルに説明していただく▼サンタクルーズでは姉妹都市からの訪問者として市長の紹介で中学校を訪問。校長の案内で校内を回り、その後授業を見る。昼食を教師らと共にして雑談。日系人の子どもが優秀であることやカリフォルニアでは6、3、3制でなくて6、2、4制であること、体罰は絶対許されないこと、教員に転勤がないことなどを知る▼宿泊は日系人のお宅のお世話になった。

大いなるアメリカの春一人旅

ふるさと

筆者にはふるさとが三カ所ある▼生まれは東京五反田で、戦時中熊本の農村に疎開しそこで7年住み、その後父祖の地である南紀州に帰る。青年は未来を語り高齢者は過去を語ると言うが昨今の筆者らの周囲は会話も歌もおおむね懐メロ路線だ▼戦前、東京が東京市であった頃、朝になると節をつけた売り声をあげて納豆売りが来たりラッパを吹いて豆腐売りが来た。昼間は玄米パン屋や金魚売りや荷物を背負った富山の薬売りが来た。そして夜には中華そば屋のチャルメラが聞こえた▼熊本は母の故郷だが東京から来た疎開っ子には言葉も分からず転校した当初は一日一日が重かった。それがいつの間にか慣れ親しみ友達もふえ野原や山でよく遊んだ▼とは言え筆者のルーツとしてのふるさとは浦神だ。「東京へ続く鉄路や熊野の忌」紀勢線生みの親と言われている当時の代議士山口熊野(ゆや)の出身地で、深い入り江に面した漁村で筆者と同姓の家が軒を並べる▼「花摘む野辺に日は落ちてみんなで肩を組みながら歌をうたった帰り道　幼馴染のあの友この友　ああ誰か故郷を思わざる」霧島昇が歌った古い歌だが今では知る人もいないと思っていたが、なんと！その場で一番若い20代の女性が知っていた。「おじいちゃんの十八番(おはこ)でした」とのこと▼ふるさとは単なる景色ではなく人との絆だと思う。

帰省子の胸の高鳴り下車近し

春うらら

へそ曲がりと言うか、昔から私は立派なことを言う人を好きになれない▼その点作家の野坂昭如はいい。この人、立派なことは言わないがいいことを言う。今やはるか昔と言うことになるのかもしれないが中上健次在りし日のこと、熊野大学の何かで氏が新宮へ来た際私を含め数十人の集まる前に酒に酔って現れ「皆さんみんな死にますよ」から始まり思ったことをずばずば言い俳句を作る段になって「みんな死ぬ春うららかな同級会」と書いた▼「焼け跡闇市派」を自称する氏は1930年10月に鎌倉で生まれ2カ月後に母と死別、生後6カ月で神戸に養子に出される。1945年、神戸の大空襲で養父が亡くなり続いて妹2人も病気や餓死で死亡▼戦後の2年間（15・16歳）を大阪あたりの闇市街を転々、その後新潟県副知事の実父に引き取られ旧制新潟高校を経て大学へ行くも中退、以後多様な表現活動で世に知られている▼現在は脳梗塞のリハビリ中で第一線から退いているが83歳、今なおラジオの永六輔の番組にちょっとした文章を送っている▼「みんな死にますよ！」は氏の人生からにじみ出た心の叫びだ。そんなことを思い出しつつ先日春うららかな日に疎開先熊本の同級会に参加した。会のたびに人が減り同級会はスリム化する。思えば日に日に昭和も遠くなる。

要するに長生きがいい春うらら

2014年５月18日

みどりのそよ風

新緑の季節、童謡「みどりのそよ風」をご存じだろうか▼「みどりのそよ風　いい日だね」から始まるリズムのいい歌だ。「ちょうちょもひらひら豆の花　七色畑に妹のつまみ菜摘む手がかわいいな」戦後間もない昭和22年の作で教科書にも出ていたと思う▼「みどりのそよ風　いい日だね　ブランコゆりましょ　歌いましょ　巣箱の丸窓ねんねどり　時々おつむがのぞいてる」５月10日からの１週間が愛鳥週間で毎年その頃になるとこの歌を思い出す（作詞清水かつら、作曲草川信）▼愛鳥週間は野鳥たちの繁殖期に合わせてこの季節に制定されたものと思うがこのごろツバメやスズメの数がめっきり減ったように思う。家の構造も変わり人家の軒や瓦屋根の隙間を拝借して気軽に巣作りというわけにもいかなくなり、さらに農法の変化で田や畑のエサになる虫が減ったことにもよるだろう▼反面その他の野鳥たちが人家の近くによく来る。今日も近所の人と話したのだがこのごろ野鳥たちは人をこわがらない。近づいても逃げないという話で盛り上がった▼さて、冒頭の歌だが歌詞の中の「豆の花」の豆はエンドウだという。こじつけで恐縮だが大相撲五月場所の土俵の花も「遠藤」だ。海の向こうの田中投手の話題も明るい。

巣燕や地産地消の店の軒

蚊柱

早いもので5月もあと1週間だ▼この季節、畑の葉物のみどりは濃くなりキャベツは育ちそこをモンシロチョウが数多く飛び交う。雨の近い夕方、木の下や水辺でよく蚊柱を見かける。散歩の途中、目の前に不意に現れたその小虫の群れは払いのけてもついてくる。あれはうっとうしい▼そのことで昨日のことだ。虫のことをよく知る知人に会ったのでそのわけを聞き認識を新たにした▼あの蚊と思っていた虫の正体は多くの場合蚊とは別種のユスリカという昆虫なのだそうだ。見ての通り体長わずか5ミリから1センチで木の枝や竿の先などとんがった物を目印に集まる習性があって、建物の突起や人の頭も目標になり得るという▼そのユスリカは人は刺さずエサもとらないそうだ。そこで問題の蚊柱、（正しくはユスリカ柱か）だがオスだけの構成で実はメスの飛来を待つ一団の懸命のグループダンスだという▼そのダンスに魅せられてそこへ1匹でもメスが近づくとそれを待っていたオスたちは一斉にスクランブル発進しその中の1匹が素早くそのメスと交尾する仕掛けになっているのだという▼しかし、その交尾を終えたメスに明日はなくそのあと場所を得ればすぐにでも産卵しそれが終わると死ぬのだという。他のユスリカたちの寿命も短く、長くても2〜3日だという。

蚊柱は明日なき恋の舞と知る

教員住宅

昔の教員住宅は２間(ま)の小さな家だ▼私が僻地学校の教員として最初に赴任したのが古座中学校樫山分校で次が色川の籠(かご)小学校、続いて本宮の四村川中学校だった。どの学校にも教員住宅があってどこの教員住宅も木造平屋で基本的には同じ間取りであった。形だけの玄関があって四畳半と六畳の２間の部屋に押し入れがあって炊事場があって便所があって風呂がない▼戦後10年たった昭和30年代を私はこの３校の教員住宅で過ごした。朝学校へ行き夕方帰る。１人の生活には行ってらっしゃいもお帰りなさいもない。単調そのものの生活だ▼ある日のこと新聞の短歌欄に目がとまりダメもとで投稿したのが最初だった。「とり得なきわれを師と呼ぶ子ら八人文字の癖までわれを真似おり」（樫山分校時代）「羊歯(しだ)の葉をすりつつ来たる山のバス杉の林に灯りをともす」（籠小学校時代）「山合いの湯のわく村の教師となりメーデーの朝つつじ摘みおり」（四村川中学校時代）こうした歌が何十首か今も切り抜き帳に残る▼私の短歌作りはその後町への転勤で教員住宅暮らしが終わることによりほぼ終わった。画家ゴッホを書いた本に「寒い冬に春を思い、狭い部屋では広い平野を思う」とあったが山村の小さな教員住宅での生活は意外とその心は広く解き放たれていたのかもしれない。

蝶舞うや羽音も立てず賑やかに

紫陽花

梅雨季の花といえば紫陽花だろう▼「紫陽花」この漢字を「あじさい」と読むのだと知ったのは遠い少年の頃だが、かな書きより花の雰囲気が出ているので筆者は今も漢字書きを多用している。この花の原産地は日本で中国を経てヨーロッパに渡り数多くの品種となって里帰りし今日この季節の花として人気を集めている▼筆者教員時代職員室が二階にある中学校に勤めたことがある。雨の朝、二階の窓から眺めていると近所の家の前に咲く紫陽花の前で登校中の女子生徒の雨傘がいくつも立ち止まっていた。「紫陽花に少女らの傘立ち止まり」その時の句である▼紫陽花にはカタツムリがつく。カタツムリには「家」にたとえられる殻がある。その殻の成分がカルシウムで昨今自然界での調達が難しいらしく家などのブロック塀を這うのをよく見かける。手元の本をめくっていたらカタツムリには食物を摂るための歯があってその数なんと1万本、それでブロック塀からカルシウムを摂っているとのことだ▼「まさか」と思ってかつて同僚だった新宮市在住の昆虫など虫が専門の南敏行氏に尋ねたら一般的な歯ではなく歯舌と言って食物を削る働きをしているものがあるとのことだった▼台風一過、紫陽花は大きな花ほど傷みがひどい。お宅の花はどうでしたか。

紫陽花の園教会の楽の中

おけいの墓

米国カリフォルニア州サクラメントに日本人女性「おけい」の墓があることをご存じだろうか▼戦前から北米移民の多い地域として知られる南紀州各地だが那智勝浦町浦神を本籍とする筆者の親戚縁者にも彼地に暮らす者は少なくない。そうしたこともあってかつて日系米国移民の歴史に興味を持ち調べていてこの「おけい」という人物を知った▼１８６８年（明治元年）日本人移民第1号として１５３人がハワイへ渡っているが米国本土へ渡ったのは翌１８６９年ドイツ人（オランダ国籍）シュネール率いる東北農民の一行が最初だといわれている▼シュネールはもともと鉄砲商人として会津藩に鉄砲を商ううちに妻を藩士の家から迎え鉄砲師範として同藩に仕えるようになった。徳川から明治期となり多くの武士が失業する中でシュ氏も同じ道を歩む。彼は生きる道を新天地米国に求めた▼一行が落ち着いた場所は気候風土が日本に近いと判断したサクラメントで果樹等の栽培を目的に蜜柑、ぶどう、桑、お茶等の苗を日本から運んだが結果は失敗に終わる。その一行に日本人女性はシュ氏の妻と子守り役の17歳の娘おけいだけだった。いわば日系女性移民の最初がおけいだといえる。その彼女だが不運にも渡米2年目に19歳で病死▼その墓は今も現地日系人らにより守られている。

吹かれつつおけい偲びぬ夏の海

ある「同級会」

先日（8月15日）かつて教えた生徒たちの同級会に参加した▼教員は退職後も「先生」と呼ばれこうした集まりに招かれる。会場の勝浦のホテルに着き玄関を入る。「新宮市立光洋中学校同級会」案内板の矢印に沿って長い通路を歩き会場の階へ。正直気持ちが高ぶり落ち着かない。それを抑え平然を装って歩く。なにせ30年振りの再会である。会って顔を見て分かるだろうか▼エレベーターの扉が開く。受付近くにいた何人かの視線が一斉に筆者に集まる。筆者も見る。中学校卒業時に15歳で別れた彼や彼女たちが今四十過ぎの大人の顔になって眼前にいるのだ▼「同級会」とは彼や彼女らが主役の会である。筆者らのための会ではない。とは言え気になるのは名前である。幹事の計らいで胸の名札は旧姓で書かれている。しかし名前が分かっても当時の本人を思い出さなければ意味がない▼開会、あいさつ、乾杯、やがて話がはずみ宴は盛り上がる。不思議なもので時の経過とともに記憶がよみがえりいつの間にか参加者54名全員の顔が当時の思い出とともに浮かんでいた▼主役たちの間でも何が起こっているのか、あちこちで歓声が上がり大きな笑いが起こっていた▼旧交を温め合った一行だが翌朝有志20名は小雨の中早世した友の墓前を訪れ静かに手を合わせた。

早世の友を悼みて盆供養

来客

比較的来客の少ないわが家だが▼「近所まで来ています。お寄りしてもいいでしょうか」とは遥か昔、少年の頃、戦争中に熊本に疎開していた頃、よくわが家に遊びに来ていた二級下のAからの電話であった。彼の現住所は福岡県の小郡（おごおり）だ。「近所まで」って、一体今どこにいるのだろう。「妻と二人で日本全国を旅して紀伊半島に入って、今先輩の家の近くだと思います、阿田和にいます」▼彼はかつて新婚旅行で紀伊半島を訪れ、現在ほど道路が整備されていなかった当時、田辺から中辺路ルートで湯の峰温泉（当時筆者は教員で四村川中学校勤務）までバスで来たことがある。今回はマイカー旅行だった▼年賀状のやり取りはあったがもう何十年も会っていなかった。二人はいったんわが家に落ち着き再会を喜び合い那智山等を案内した▼まったく別件だが、一週間ほど前のことだ。８月に勝浦であった光洋中学校の同級会で30年振りに会ったかつての生徒の中の一人Tから「近所まで来ています」の電話があり、喜んでわが家に迎えた▼彼は三重県の中学校の教員でその道を選んだのは筆者の影響大だと言う。文武両道、筆者は合気道、彼は少林寺拳法で共に五段。話が弾んだ▼「旧交を温める」と言うが心まで温まる。人として生まれ、生きて和するは無上の幸せ。

幸せの文（ふみ）書く今宵良夜かな

詩人の心

「補陀洛や岸うつ波は三熊野の那智のお山にひびく滝つせ」▼御詠歌である。多くの詩歌が主観的で作者の心情や感動を表現しているのに対して御詠歌は仏教の教えを込めた寺院ごとの紹介で自然環境など特徴を詠み込み掛け言葉など遊びもあって読むほどに味がある▼御詠歌も多種あって宗派、地域、時代によって内容も節まわしもかなり違うが筆者が聞きなれているのは地元那智山の青岸渡寺を一番札所とする西国三十三所の霊場を巡る冒頭の歌から始まる御詠歌だ▼二番札所は紀三井寺「ふるさとをはるばるここに紀三井寺花の都も近くなるらん」三番札所は粉河寺「父母の恵みも深き粉河寺仏の誓いたのもしの身や」現在では死者を弔う通夜などで鉦（かね）をたたいて拍子をとって歌っているが往時は法事以外の場でも庶民の間で明るく歌っていたらしい▼「けさ見ればつゆ岡寺の庭の苔さながら瑠璃の光なりけり」これは七番札所の岡寺。「春は花夏は橘秋は菊いつも妙なる法（のり）の華山」二十六番法華山一乗寺。読むほどにさながら各地札所ごとのCMソングだ▼かつて寺や神社が村の生活の中心であり人々の精神生活を支えていた。神社の祭囃子（ばやし）が昼ならば御詠歌は夜、通夜によく似合う▼三十三所を結ぶ歌の旅。ここにも詩人の心があった。

しみじみと通夜の御詠歌菊の庭

2014年12月14日

人間

今さら言うのもおかしいが人間ほど素晴らしいものは世の中にないと思う▼先日テレビで堀場製作所の創業者の堀場雅夫氏（90）が言っておられたが、わずかな食べ物をエネルギー源にして100㍍を10秒で走ったり、42㌔ものマラソンを2時間そこそこで走っても内臓が壊れたり頭に熱を持ったりしない。こんなに優れた機械は作れない。人間はすごいと言っておられたがまったく同感だ▼先日、高校時代の同級会に出席したが、間もなく80歳という年齢なのにどの顔も元気で明るい。旧友に会うという喜びもあろうが日頃の生活が表れているのだと思う。健康教室に通ったり、万歩計と共に歩いたり、ダンスやコーラス、ゴルフその他心身の健康にいいことを程よく続けていればこその明るい表情だと思う▼杯を重ねつつかつて学窓での彼や彼女らの姿を思い浮かべた。戦後間もない頃の高校は自由であった。受験戦争も偏差値も関係なく服装も考え方も自由であった。あれから60年、思えば長い道のりである。宴会場は盛り上がり舞台では次々昭和の歌が…。「あなたと二人で来た丘は　港が見える丘…」▼舞台とも周囲の会話とも関係なくふと武者小路実篤の言葉が思い浮かぶ「人生は楽ではない、そこが面白い」▼同級会は人生の極めて貴重な1ページだと思う。

冬の夜を語りも熱き集いかな

年賀状

歳をとると1年たつのが早く感じる▼だれの落語か忘れたが「元日や今年も来るぞ大晦日（みそか）」というのがあってこれには笑わされたが、先日替えたと思えるカレンダーがもう新しいものになっていて「1年が早い」を実感する▼元日の朝、もう来るだろうと待つのが年賀状である。あれは妙なもので待っている時は来ない。今年は遅いと諦めて何かしようと思うとそこへ来たりする▼「謹賀新年」「明けましておめでとうございます」「賀正」その他新年を祝う言葉があり、写真やイラストなど最近の年賀状はカラフルできれいになった▼元気な子どもたちの写真は1年ごとに成長していて楽しい。家族の近況もいい。人生格言、地元地域の様子、歌碑や句碑の紹介など興味深い。読んでいて毎年届いている友人知人のが見当たらないと思わず心配してしまう。高齢になると冗談抜きで年賀状がお互いの安否確認の貴重な情報なのだ▼今年のえとは未（ひつじ）だがイラストや写真にいろいろな種類のがあったので調べてみたら野生に近いものから品種改良により採毛や食肉用まで多種あり角の形や毛の色も雑多なので驚いた▼話のついでだが豚、牛、羊の三者で一番頭がいいのは豚で、続いて牛と羊は同程度だという。干支の羊を調べていて豚に敬意を払うことになってしまった。

病む友の賀状おくれて届きけり

国際化

大相撲初場所が盛り上がっている▼番付表を見てあまり残念とは思っていないがでも残念なのは日本の国技の相撲なのに横綱三人がすべてモンゴル出身であることだ。大関三人は日本人だが今のところどの大関も横綱候補とは言い難い。若手有望力士では関脇の逸ノ城（21）、前頭二枚目の照ノ富士（23）がモンゴル出身で三枚目の遠藤（24）が何とか日本人力士として頑張って人気を集めている。念のため幕内力士42人の出身国を調べたら外国出身力士が16人、日本人力士が26人であった。近いうちに力士数でも逆転もあり得る▼次に年齢だが42人中、20代が30人、30代が12人、40代は40歳の旭天鵬（モンゴル）ただ1人であった。明らかに相撲界の世代交代は早い▼日本は今や世界の中の長寿国となり国全体での世代交代が極めておそい。しかし、その中でも日に日に国際化は進み新しい時代が来ている。すべての分野で外国人の活躍する時代が来ている。聞けば僧侶や神官を志す外国人もいるとのことだ▼日本の教育が受験対策にエネルギーを費やしているうちに文化面や人間力で他国に後れを取っているのではないか▼大相撲の外国出身力士の土俵上の活躍にも敬意を払うが、彼らの日本語の巧みさと日本社会への同化に驚く。日本人も頑張らなければ。

遠藤の四股(しこ)美しき初春(はる)相撲

分からない

「分からない」ことほど恐ろしいことはない▼今世界を騒がせている「イスラム国」がそれである。「イスラム国」そのものがよく分からない。その上そこに入り身柄を拘束されている各国ジャーナリストらが次々殺害されている▼テレビ画面に専門家や現地に近い所の各社担当記者がいろいろな情報を届けてくれているがその内容は「分からない」状況を伝えるに過ぎない▼それにしても公然と人が人を殺すことの恐ろしさをまざまざと見せつけてくれたものだ。多くは語りたくはないがかつての戦争当時を思い出さずにはおれない▼昭和20年8月6日に広島、9日には長崎に米軍機により原爆が投下され多数の犠牲者が出た事実は当時少年であった筆者らには恐怖の極みであった。8月15日に戦争は終わる。そのわずか1週間前に参戦したソ連が日本人捕虜を多数シベリアに送り込み過酷な環境で働かせ多くの犠牲者を出した▼戦後、連合国側は日本の戦争指導者を犯罪者として処刑し、以後日本は戦争をしない国となった(日本国憲法)。しかし、世界から戦争はなくならない。一方を悪と決め付けそれをたたくのが正義とする発想にはかなり問題がある。なんとか武力以外で争いを解決する道はないものか。近代文明のたどり着く先が悲劇であってはならない。

山里は谷瀬の音と梅の花

始めあれば

始めあれば終わりあり▼どの世界にも引退がある。12年5カ月、週１回を守り書かせていただいた小欄だが今回を最後に降板させていただく。拙文にもかかわらず長きにわたりお付き合いいただいた読者の皆さん、何かと助けてくれた編集部をはじめ社員の皆さん、それに社長、会長には心より感謝申し上げる▼当初、校正係として本社と縁を得た筆者だが、ある時の執筆を機に小欄を担当することになった。教員在職中に外国旅行記の出版、それに朝日新聞、家庭欄に教育現場のコラム「ホームルーム」を担当した経験もあり、とにかく文章を書くのが好きなのでただただ夢中に書いていたらいつの間にかここまで来てしまった▼今回を入れて６３１回、毎週日曜日の「水平線」には末尾に一句添えさせていただいた。今さら言い訳にもならないが筆者は短歌が得意で歌歴も長い。しかし、文の末尾に短歌は長過ぎる。そこで俳句にしたがその数も６００を超えた。「色川は水音の里夏木立」「樫野埼訪う人多き九月かな」「東京へ続く鉄路や熊野の忌」こうした句が地元の方の支持を得た。「年ごとに賀状でつなぐ絆かな」この句が縁で筆者が教員として最初に赴任した古座中樫山分校の元生徒らと56年ぶりの再会を果たした▼二月、寒さなお厳しいが春は近い。皆さまのご健勝をお祈りし稿を終える。

事終えて二月の山を眺めおり

終戦の日に寄せて

特別寄稿

① 俳優・笠智衆と私

塩地　慎介

一番乗りをやるんだと
力んで死んだ戦友の
遺骨を抱いて今入る
シンガポールの街の朝

昭和18年、戦争も終わり近くになって流行った「戦友の遺骨を抱いて」というタイトルの歌である。

戦友（とも）よ見てくれあの凪いだ／マラッカ海の十字星／夜を日に継いだ進撃に／君と眺めたあの星を（四番）へと続く。

在りし日の笠智衆さん（左）と語り合う筆者

この歌は戦後、昭和27年製作の松竹映画「お茶漬の味」（小津安二郎監督）の中で、パチンコ屋のオヤジ役で登場する笠智衆が、かつての上官（佐分利信）の前で、「こんなもん（パチンコ）が流行るようでは日本は滅びます」という台詞（セリフ）の後で哀愁を込めて感慨深げにうたった歌である。

・・・・・・

塩地「笠さんの終戦はどこでしたか」

笠「玉音放送をお聞きしたのは、近江八幡の陸軍病院の慰問の稽古中のことでした。泣き出す人もいて、病院からは来んでもいいというし、皆んなで駅まで歩きました。からっと晴れた空に、飛行機もなにもなくて、実にむなしい空でしたねえ」

笠「ところで塩地さんは」

塩地「私は疎開先の、笠さんの寺の近くでです」

笠「熊本の寺の門徒に塩地という姓はないと思いますが」

塩地「塩地姓は父の姓で、母の実家が熊本で阪口といいます」

笠「阪口ならあります」

塩地「私の家は昭和十九年の春、東京から疎開して、その八月に母が病死して、その時笠さんの来照寺のお世話になったのです」

笠「その時の住職は私の兄です」

塩地「その明くる年の八月九日、有明海の向うの雲仙岳の真上にこんな大きなキノコ型の雲が湧き上がりまして、白い雲の中に青や赤や黄色の細い線が入っていました」

笠（驚いた様子で）

「あなた原爆雲を見たんですか」

塩地「はい、それから間もなく終戦です。腹が立って、悔しくて、種子を飛行機の燃料にするとかで畑に植えてあった蓖麻（ひま）の茎を片っ端から鎌で切り倒しました。国民学校の五年生でした」

・・・・・・

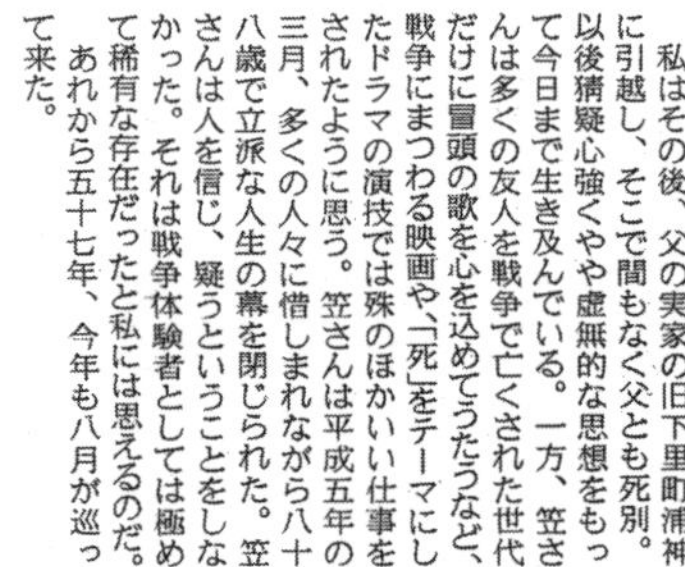

笠さんから頂いたという色紙

戦争は敵味方の別なく人を欺（あざ）むき、人を殺す。そうした中での敗戦は多くの人々の心に深い傷を残した。その傷は大人には大人として、子どもにも子どもなりにその後の人生に影響する。

私はその後、父の実家の旧下里町浦神に引越し、そこで間もなく父とも死別。以後猜疑心強くやや虚無的な思想をもって今日まで生き及んでいる。一方、笠さんは多くの友人を戦争で亡くされた世代だけに冒頭の歌を心を込めてうたうなど、戦争にまつわる映画や、「死」をテーマにしたドラマの演技では殊のほかいい仕事をされたように思う。笠さんは平成五年の三月、多くの人々に惜しまれながら八十八歳で立派な人生の幕を閉じられた。笠さんは人を信じ、疑うということをしなかった。それは戦争体験者としては極めて稀有な存在だったと私には思えるのだ。

あれから五十七年、今年も八月が巡って来た。

蟬しぐれ生者はなべて死者となる　慎介

―続く

小津安二郎の墓で（鎌倉の円覚寺）

（筆者は元新宮市立光洋中学校長）

特別寄稿

②和泉嘉平氏とレイテ戦

塩地　慎介

終戦の日に寄せて

空の神兵

那智勝浦町浦神を出身地とする故和泉嘉平氏は、戦況厳しいレイテ戦を戦い、生還した数少ない兵士の中の一人であった。彼は昭和十七年に、中国大陸の一般歩兵連隊から落下傘部隊に志願し合格、その後内地で本格的な訓練を受ける。その訓練の様子は「空の神兵」という映画になり一般映画館でも上映された。そして同名の軍歌が高木東六作曲で今にも残る名曲として多くの人々に歌われた。

藍（あい）より青き大空
に大空に
たちまち開く百千の
真白きバラの花模様
見よ落下傘空に降り
見よ落下傘空を征（ゆ）く
見よ落下傘空を征く

彼のその時の階級は曹長で、部隊の中ではリーダー的存在だった。開戦間もなく日本軍は各地で善戦し、この映画は華やかに人々を楽しませ戦意を高揚させた。彼はその映画の中に大写しで登場し、上官に降下訓練の成功を報告する場面がある。

動員下令

内地での訓練に明け暮れする期間はそう長くはなかった。戦況は日に日にわが方に厳しさを増し昭和十九年十月、いよいよ動員の命令が下る。兵士を乗せた船団は下関港を出港、一路台湾の高雄へ。そこからルソン島へ向う。その時すでに十一月末、十二月には次々と出撃した。目的地はレイテ島。

戦闘

彼の所属する高千穂降下部隊は、十二月八日から十四日の間に降下し、最も厳しい状況下で戦うことになる。今では彼の「遺品」となった戦友会の資料からその戦闘の様子を拾い出してみる。

〔ある兵士の手記から〕

真夜中離陸、3機32名。重機など平均130kgを持ち込むため1機に11、2名しか乗れない。待機所から飛行機まで歩くのが苦しい。重機弾一箱分を収納袋に入れ、その他兵器と食料を持つと予備傘は持てない。両脚に付けた銃袋にも小銃の他、破甲爆雷手榴弾、圧縮食料を入れる。3機編隊で夜空を飛ぶ。隣の機から青白い火が見える。マニラ上空を飛びやがてブザーの合図をたよりに真暗な中に飛び出す。低空のため着地は早い。私が着地した地点は高さ10㍍位の小高い丘で、まばらな林の斜面だった。山影の方で信号弾の音、懸命に私はその方へ斜面を昇った。やがて夜が明けて来た。7、8名集まり、やがて数が増え集結が終わった頃誰かがK軍曹不開傘と言った。小隊は山頂に重機を据えて陣を張る。A軍曹他2名が偵察に出る。降下後一度も敵の銃声を聞いていない。だが地図もなく地点不明、昼頃偵察に出た方面で銃声があり心配が的中、偵察の兵2名のみ帰り軍曹戦死。その夜は野営し、明くる日海を見る。兎に角海岸に移動すべく進行を始めた前方高地から突然襲撃を受ける。そこで5名戦死す。明くる日は何事もなく過ぎていたがF上等兵の拳銃が暴発、大腿部を負傷し彼は自決した。自決する者もそれを見る者も何のこだわりもない。普通の気持ちであった。兵器や荷物を持てなくなったら誰でも自決する覚悟ができていた。

・・・・・・

戦いの度にそれなりの戦果はあっただろうが、こうした形でこの小隊は戦力を失っていった。

かつての陸軍挺進部隊の勇姿（和泉挺司氏所蔵）

慰霊

レイテ戦を生きて還（かえ）りし
わが義兄（あに）は最後の床に部下の名を呼ぶ
慎介

和泉嘉平氏は平成九年九月二十二日に八十一歳で病死した。彼はレイテ島でいのちを落とした戦友のことを生涯一日として忘れることはなかった。そしてその死因の多くが餓死であったことを悔やんでいた。

「空の神兵」に憧れたかつての若者たちの熱い心を思う時私には言葉はない。

―続く

（筆者は元教員）

特別寄稿

③日米戦争と日系人

塩地　慎介

終戦の日に寄せて

日米開戦でいち早く苦難の道を歩くことになったのはアメリカ日系人たちだった。

強制収容

一九四一年十二月七日（現地時間）、日本がハワイ真珠湾を攻撃した瞬間からそれは始まる。ＦＢＩ（米連邦捜査局）は開戦前にすでに日系人の指導的立場にある人たちの逮捕を準備していたのだ。私の調べたところによると同十日までに全米で一二九一名が逮捕されている。日系人の団体の理事、教育者、宗教家などが対象とされ、全米二六カ所の収容施設に入れられ身の自由を奪われていたのだ。

旧下里町天満出身の故清水三彦氏は、かつて私がロサンゼルスのオフィスを訪ねた時こう話された。

「私は開戦当日ＦＢＩに連行され、家族とは離され、ワイオミング州の北のたいへん寒い収容所に連れて行かれました。私は当時この街（ロサンゼルス市）の日本人会の会長をしていました。」

一般市民も

真珠湾攻撃を最も卑劣な行為として宣伝報道する政府の戦略は、たちまちアメリカ民衆の日本への敵愾心（てきがいしん）を煽り、更にマスコミが追い討ちをかけたため開戦の翌年には西海岸に住む日系人すべてを強制収容することになる。その数約十二万人、赤ん坊から老人まで一世、二世、三世など関係なく全ての日系人が鉄条網の囲いの中の生活を強いられたのだ。

清水三彦氏・経営する店の前で（９０歳当時）。ロス市で１９７８年筆者撮影

犠牲者

居住地からの退去命令は一定地域ごとに下され、手で運べるだけの荷物だけを持ち、帰るあてなく家財道具は捨て値で売り払うか放置し、土地もビジネスも倉庫の中の物も放ったらかしで集団移送されたのである。西海岸地域で収容を免れたのは刑務所暮しの人だけだったと言う。全米十カ所の収容所に七、八千から一万人余りの日系人が集団収容されたのである。場所は砂漠や寒冷地、住居はバラック一軒一部屋一家族、風が吹くと砂ぼこりが部屋の中に舞い込むような粗末な部屋だったという。

囲いの中の生活は警備隊により監視され監視塔には機関銃がおかれていたそうだ。私の調べによると全収容期間中に計八名が警備兵に撃たれて死亡したことが分った。

た。

砂漠や寒冷地など荒地にあった収容所

希望

中部カリフォルニアのフレズノでお会いしたすさみ町江住出身の木村花さんは、当時を振り返り、そんなに辛いことばかりではなかったと言っておられた。外に出る自由はなかったけれど、食べることと生命の安全は保障されており集団での生活だったので勉強会もあり、絵を習ったり、俳句を作ったりもしました。男の人たちはソフトボールもしていました。

四四二部隊

収容所の中からアメリカ政府に忠誠を誓い、軍に志願した人たちがいた。その志願兵はハワイからの志願者と合わせて約一五〇〇名。

彼らはヨーロッパ戦線に参加しアメリカの戦史に残る勇敢な戦いをした。それは当時の大統領をして雨の中で彼らを迎えその武勲をたたえたことでもうかがえる。

収容解除

日米戦の勝利が確実になり、収容所内の秩序正しい日系人の様子や忠誠宣誓書への署名者も多数出ていた上に四四二部隊の活躍もあり収容所から出る者の数が増えていく。そして一九四四年十二月完全解除となる。

日系人収容の不当性

戦後、この件が大きな問題となった。アメリカの憲法の精神にも反することであり論議され法的にも争われた。結論としてアメリカ政府は公式に非を認め謝罪し、補償に応じた。

しかし、日系人にとっての心の傷は世代がかわっても簡単には消えない。広島、長崎への原爆投下や最近のアフガニスタンへの空爆など、その根底に人種的偏見の暗雲を感じるのは私だけだろうか。

―終わり

（筆者は元教員）

あとがき

三十代の中ごろ、海の近くに住んでいた。早朝、末の子を乳母車に乗せて散歩する習慣があり港（漁港）近くへ行くと船が着いていた。その時魚市場で見たままを俳句にした。「大カジキ箱の長さに切られおり」朝日俳壇に投稿したら入選した。加藤楸邨選であった。嬉しかった。それからしばらく俳句に凝った。「朝日俳壇共選十五年秀句選」〈昭和52年9月・朝日ソノラマ社〉にも他の句だが二句載せてもらった。しかし、私は本来歌詠みであって俳句は今なお発展途上である。

さて、この本の文章だが昨今世界遺産で話題の「熊野古道」と名を同じくする日刊「熊野新聞」（本社・和歌山県新宮市、日本新聞協会加盟）に掲載されたコラムである。記者ではない立場で独自の目で捕えたものを週1回書くことになり短期のつもりで書き始め文末に俳句を添えてみた。書き始めは2002年9月である。

いざスタートしてみると地方紙だけに反響が手に取るように伝わり面白く続けているうちに12年5カ月、本年2月8日まで、数えて631回続いた。

紙上で終回を告げると読者から電話や郵便で労をねぎらう声が届いた。その中に一冊の本にして残すようにとの要望があり、新聞社社長からも快諾をいただき今回の出版となった。なお、巻末の写真コピーの文章が、本紙コラム担当のきっかけとなった。

新聞の書き手と読者の間には「その時」の時事的な共通の空気がある。言外のコミュニケーションがある。一般書とは微妙に違う。その点を勘案し本書出版にあたり少しだけ手を加えた。

その他実務的に問題となったのが新聞コラムの段階でのスペースの差である。２００６年６月以前のものは長くて本書１ページにおさまらない。やむを得ずその分をはずした。ただ筆者思い入れの第１回目02年９月８日の「北の国から」と他２編を特別に文を短縮して残した。最後になったがお世話になった栄光出版社石澤三郎社長、スタッフに心から感謝し御礼申し上げる。

平成27年中秋　　　　塩地慎介

達磨忌やなんとなく生き子も居りぬ

「達磨忌」を発想契機として、ただ一事実を衆人の眼前に指示している。そして、禅機のような無言裡の啓明がないでもない。いかにも不思議な一句だ。（後略）

（評）朝日俳壇・中村草田男

著者　塩地慎介（しおじ　しんすけ）
昭和10年3月10日　東京生まれ
新宮高校、中央大学卒業
元教員、コラムニスト
生活信条、普通に生きる
趣味・その他、ゴルフ　囲碁　旅行　合気道
現在、三重県津市在住
著書「ちょっと野暮ですが」
　　—北アメリカ抒情の旅—〈栄光出版社刊〉

コラムto俳句　みどりのそよ風

平成二十七年十一月一日　第一刷発行

著　者　塩地慎介（しおじ　しんすけ）
発行者　石澤三郎
発行所　株式会社　栄光出版社
郵便番号　一四〇—〇〇〇二
東京都品川区東品川一—三七—五
電　話　（〇三）三四七一—一二三五
FAX　（〇三）三四七一—一二三七

検印省略

印刷　モリモト印刷㈱

ISBN 978-4-7541-0152-7